絣織紅樓

《紅樓夢》與乾隆的十三道陰影

馬以工
Ma
Yi
Kung 著

Weaving an Invisible Tapestry

Qianlong Emperor and Dream of the Red Chamber

凡例

因《紅樓夢》作者與乾隆帝為同時間人物，《緋織紅縷》全書分四章來抽絲剝繭，分析兩者間的絲絲縷縷。

第一章「二我」

弘曆的肖像有一組非常弔詭，類似宋人二我圖的系列，畫中或是不同年齡的兩個自己互看，如「採芝圖」及「平安春信圖」，或至少五幅與自己畫像同框的「是一是二圖」，畫中真假虛實令他樂此不疲，此亦為《紅樓夢》主軸核心。

第二章「陰影」

弘曆二十四歲即位前的人生並不風光順遂。除了困擾他一生的嫡庶問題，還有他生在熱河或北京？為此兒子嘉慶死後，還折騰孫子道光以六百里加急追回遺詔重寫乾隆出生地，因為牽扯到弘曆母親是誰，更是大謎。

皇父的各種賞賜遠遠落後最受寵愛的弟弟福惠；結婚典禮是與叔叔允禧、弟弟弘晝一起送做堆在鬼月舉辦，皇后故意出宮不接受第二天之朝拜。新房設在西二所，是紫禁城最後一進如下人房。皇后雍正九年去世後，遺命不准他與弘晝這兩個她名下唯二的兒子參加喪禮，應是嫌棄他二人出生太低。康熙最愛的孫子也不是他。到十一歲才初次見到祖父。

胤礽子弘晳是康熙唯一承認的嫡皇孫，雍正即位第二天封和碩親王後又晉親王，到雍正十一年弘曆才脫離「陽春」皇子封了寶親王。乾隆四年弘晳涉案謀反，乾

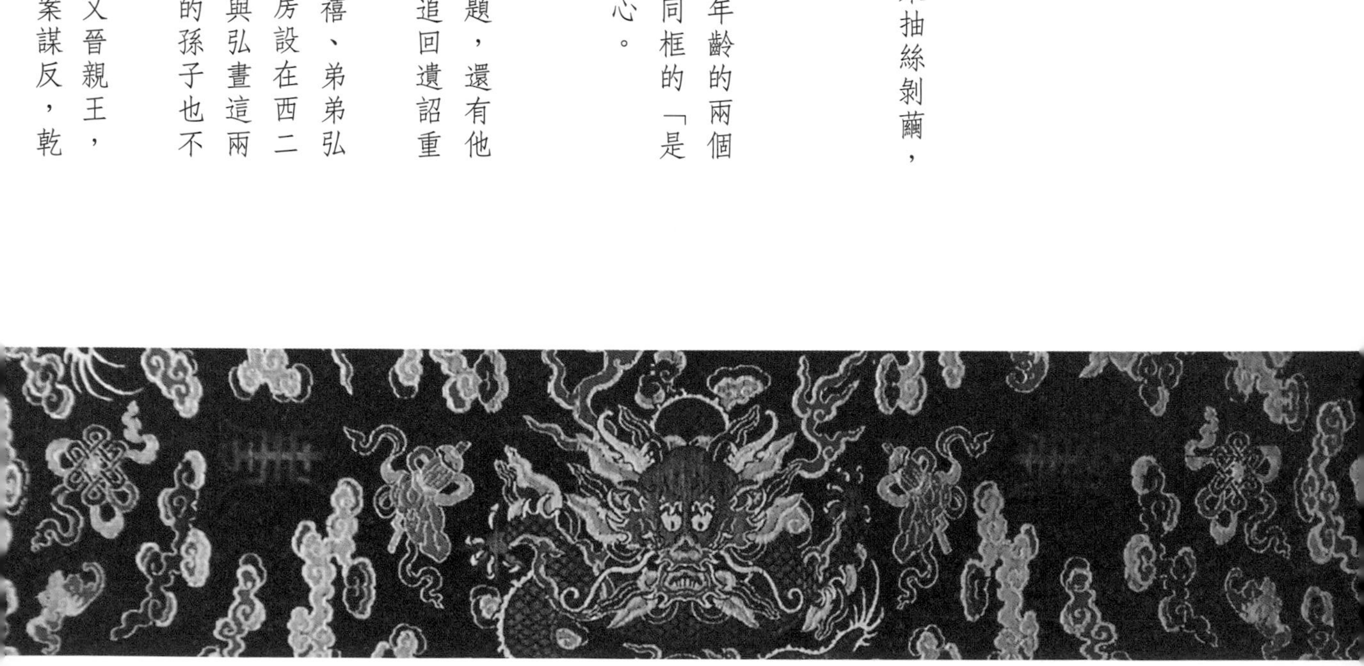

隆批評他「自以為舊日東宮嫡子」將他革爵、黜去宗室、圈禁景山，至乾隆七年鬱鬱而終。這段時間乾隆將西所全排五房舍徹底改頭換面，脫離寒酸的小「所」，成為華麗的「重華宮、建福宮及建福宮花園」如同榮寧兩府拆除下人房建大觀園。

第三章「龍鳳」

曹家與清皇室關係深遠，三代四世做了五十六年江寧織造。《紅樓夢》除誇炫織品知識外，包衣身分的曹寅女兒竟指婚給鐵帽子王，成為嫡福晉王妃。嫡子福彭十九歲襲平郡王，並為弘曆皇子時期極少數的摯友，弘曆詩文屢屢提及兩人情誼。雍正朝福彭入軍機處、任定邊大將軍，乾隆即位後，立為總理大臣等同宰相。他是曹寅外孫、雪芹表兄，高陽認為沒有福彭就沒有《紅樓夢》，乾隆朝是紅學的新領域。

第四章「救贖」

福彭於乾隆十三年去世，弘曆繼續又活了五十年，雪芹也在乾隆二十七年左右去世，此後與《紅樓夢》無直接的關連，但幼年的創傷似乎一輩子相隨，即使成了有人類歷史以來最最福壽雙全的君王，也沒有得到救贖。

大歷史、家史與小說《紅樓夢》的對話

黃一農

曹家家史對紅學研究者，似乎具有難以逃脫的吸引力。
小說《紅樓夢》並不是一部歷史實錄，書中或因此留下蛛絲馬跡，
但我們無法以小說內容，去具體印證曹家未知的歷史。
作者卻很有可能，將發生在其周遭親友之極特殊的境遇，
勾兌融入他所編寫的部分故事情節當中，以增加小說的精采度。
而由於這些罕見境遇的獨特性，即使該情節已與史事有所距離，
我們或仍可窺見其原型所殘留的痕跡，此應遠非單純的巧合所能合理解釋。
曹寅兩女婿除平郡王納爾蘇外，經大歷史推證，另一人極可能為青海親王羅卜藏丹津。
從康熙末皇十四子胤禎西征，以迄雍正年間的西疆歷史舞台上，

我們竟然可發現曹家及其親友（如納爾蘇、福彭、年羹堯……曹頫）的身影。
曹家雖有不少權貴親戚，但他們多在政治鬥爭中選錯邊。
羅卜藏丹津雍正元年即因叛清，而遭削奪親王爵，
納爾蘇則於雍正四年七月被革郡王且圈禁在家，兩人後均圈禁至死。
而其悲慘命運不僅與康、雍之際的西疆戰亂關聯密切，
甚且可能與康熙朝，諸皇子奪嗣的政治鬥爭綑綁在一塊。
當曹頫在雍正五年遭革職定罪時，
曾有兩婿貴為王爺的曹家，仍逃不開「忽喇喇似大廈傾」的命運。
透過這部由大歷史、家史與小說所混融的史詩型大歌劇（Grand opera），
我們除可深刻品味蘊藏在《紅樓夢》中那股歷史感醇厚的醍醐味，
更可看到曹雪芹所嵌入，帶有其家族獨特DNA的浮水印。

承黃一農院士同意，
摘錄其大作《曹雪芹的家族印記》，
第五章第三節部分內容為《絣織紅縷》前導。
探尋《紅樓夢》中乾隆皇帝的浮水印。

絣織紅縷

馬以工

中國歷代共四百二十二位帝王，其中清高宗愛新覺羅弘曆，在位六十年又當了近四年太上皇，乾隆四十九年其玄孫載錫（長子永璜曾孫）出生，達到極其難得的五代同堂。

弘曆生於康熙五十年（公元一七一一年，於一七九九年去世），活了八十九歲。

他是最長壽的皇帝，且在位時國勢強盛、版圖遼闊，

被認為是全世界帝王中，最最福壽雙全的一位。

他因被野史及影視照顧，是最為人知的歷史人物，形象風流倜儻。

弘曆出生四年或更長一點時間後，曹雪芹在南京出生。他增刪編寫《石頭記》一書。

乾隆二十七年左右，書只完成八十回，雪芹就潦倒早逝，享年僅四十歲餘。

直到乾隆五十六年，書才由程偉元的萃文書屋補成一百二十回出版，名為《紅樓夢》。
數個世紀以來，沒有一本中文小說能與其匹敵，堪稱曠世奇書。
自《紅樓夢》問世後，此書就有一派認為是索隱清史、側寫康雍兩朝的人、事、物。
好事者都能在書中找到太后下嫁多爾袞、順治出家或雍正奪嫡的蛛絲馬跡。
爾後，胡適提出了曹家三代四世江寧織造、曹寅女為鑲紅旗王妃及康熙南巡曹家四次接駕……等等，
與書中情節呼應的家族光榮史，《紅樓夢》乃係曹家自敘漸成為紅學主流。
弘曆與雪芹兩人都生長、生活在十八世紀，屬同一時代人物，自有其共時性，
曹家原是皇室包衣奴才；雪芹周遭的親友中，表哥平郡王福彭是弘曆少年時極少數的摯友；
表弟福秀妻與乾隆舒妃是姊妹；好友敦敏、敦誠是英親王阿濟格之後的閑散宗室，
與權傾當朝的富察家也相熟相識，小說早期似就在這個小圈圈內，隱密地流通。
細析書中，主角「賈寶玉」及鴛鴦說過的「寶天王、寶皇帝」與弘曆封「寶親王」類似，
乾隆一生的謎團與小說中的「真、假」、「嫡、庶」似也有絲絲縷縷的瓜葛。
他的出生地是熱河或北京？母親真的是鈕祜祿氏嗎？雍正元年就被內定為儲君了嗎？
乾隆自己鼓吹或經由影視野史渲染，一般人印象中他是康熙最喜歡的孫子，
甚而是因為喜歡他而傳位給雍正。略略熟悉清史者，就會發現是有些膨風。
康熙心目中唯一的真寶玉嫡皇孫，是廢太子胤礽之子弘晳，
康熙六十一年春天，十一歲的弘曆才初次見到祖父。雖說他曾被帶到熱河去撫養，
離最鍾愛的孫子還是有點距離。
即便雍正即位後，他的地位也沒太大改善，到雍正十一年、二十二歲時才獲封寶親王，
之前是連個小貝子爵位都沒有的「陽春」皇子。
雍正五年，弘曆迎娶嫡福晉後入住西二所，此處是紫禁城最後一進，位置如民宅下人房。
紫禁城從北端神武門進入後，東西各有一列五間的小「所」。

東五所現在大致仍維持原貌，西五所卻在乾隆即位後，被改得天翻地覆。

東、西五所，有《紅樓夢》中榮寧兩府的影子，再看書中描述大觀園修改建置過程：

「……先令匠人拆寧府會芳園牆垣樓閣，直接入榮府東大院中，榮府東邊所有『下人群房』盡已拆去……會芳園本是從北角牆下引來『一股活水』……其中竹樹山石，以及亭榭欄杆等物，皆可挪就前來……」

這「下人群房」及北京城內只有皇宮內院准許引入「活水」，似暗示大觀園是在紫禁城內。

即位後弘曆搬入養心殿居住。乾隆四年他處理完真寶玉弘晳，把其幽禁到景山後，開始先將潛邸西二「所」提升修改建置為重華「宮」，並展開西一所到西五所的大肆變身。西一所改建為漱芳齋及戲台、西二所升格整建改名重華宮、西三所是廚房、西四所與西五所將原本不稱頭的房舍全部拆掉，成了建福宮及建福宮花園。全新的宮殿有卷棚頂、三開間歇山樓、重檐四角攢尖式頂……等各式各樣華麗建築。花園中穿插有著靜怡軒、慧曜樓、延春閣、吉雲樓、敬勝齋、碧琳館、妙蓮華室和凝暉堂。建築群落大小不一，高低錯落，內以遊廊相連，並配有山石樹木，宮、殿、樓、閣、齋、堂、亭、軒於一體。若說這就是大觀園，也非全然妄想杜撰。曹璽原擔任過內務府營繕司郎中，曹家仍不少親人任職於內務府，多少會有改建的一些訊息相傳，此時為雪芹有生盛年，是《紅樓夢》構想及草擬的階段，完全有可能成為題材。看來乾隆與《紅樓夢》之間確實有千絲萬縷，須慢慢絣織，釐清陰影中的面貌。

清高宗愛新覺羅弘曆（1711–1799）。郎世寧乾隆元年畫像，最接近真實的他。

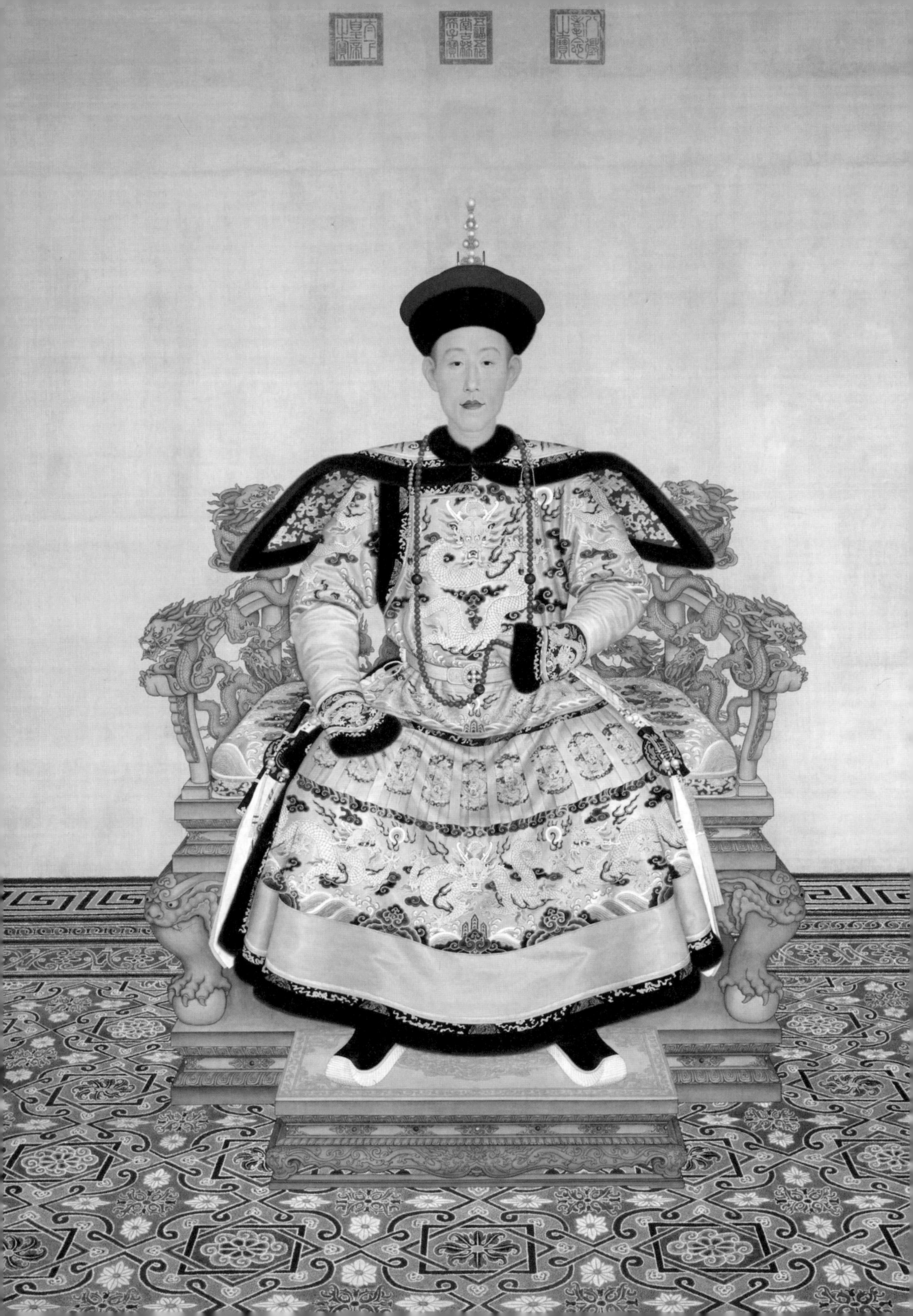

目次

二我

一幅採芝圖非葬花圖也

黛玉葬花當屬《紅樓夢》中最膾炙人口的場景之一，第廿三回描述寶玉看著肩上擔著花鋤的黛玉，庚辰本有「一幅採芝圖非葬花圖也」側夾批，這批語著實奇怪，因「採芝」與「葬花」根本是風牛馬不相及的兩件事。

〈採芝圖〉是描述上山採獲靈芝的吉祥圖，歷代名家畫的標準構圖採芝者是鬍鬚男或老道「手持如意籃貯靈芝」，怎會可能聯想到林黛玉。曹雪芹同時期的宮廷畫家郎世寧，也畫過一張全然不同的〈採芝圖〉，翩翩少年一手執靈芝狀如意一手扶梅花鹿，帶著一個背花鋤提貯仙岩芝編籃的小童。

畫旁有雍正四年探花梁詩正，在雍正十二年夏所書長題，知畫中人是剛獲封不久的寶親王，郎世寧應是按照弘曆的構圖要求，所繪出的一幅奇怪圖像。

〈採芝圖〉右上有乾隆即位後加的自題詩，說明畫中兩人都是他自己，最後兩句「誰識當年真面貌，

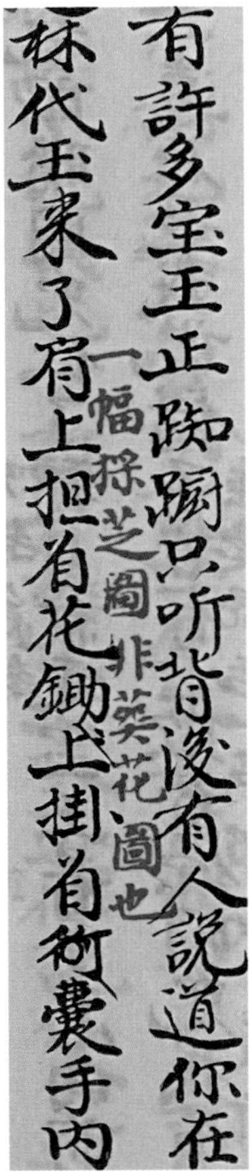

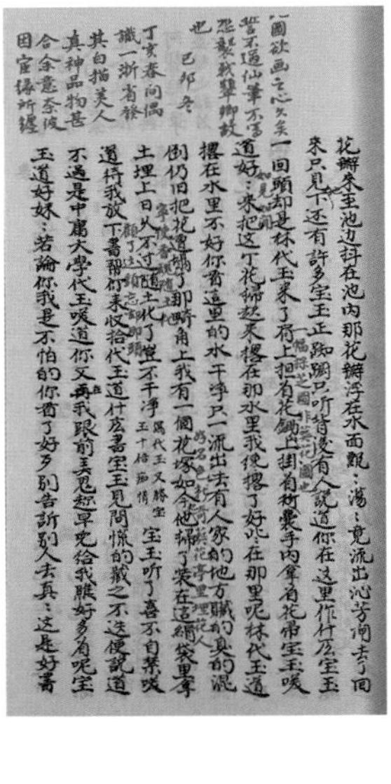

右頁：北京故宮博物院郎世寧〈弘曆採芝圖〉。
左頁：國立故宮博物院藏明李士達〈坐聽松風圖〉，老翁坐松石間，小童們理卷、烹茶、採芝。

圖入生綃屬偶然。」意思是那個偶然入生綃畫卷的小童，可是無人知道他以前的真實狀況。詩句透露了他此刻的心境，少年弘曆歷經長久以來被忽視的千辛萬苦，終於熬到了與大位觸手可及的那一步，他有一點自滿，但知道後面的道路仍是艱困重重，他出生以來絕不是外界以為的坦途，他的人生也不是如後世所認為的那麼十全十美。

這可能是郎世寧為弘曆所繪最早的肖像，之前郎世寧已為雍正繪了無數扮演洋人、道士、漁翁與書生的《雍正行樂圖》系列，圖中從沒有兒子弘曆同樂的蹤影。

北京故宮清史的專家王敬雅解析了〈採芝圖〉、〈平安春信圖〉、〈是一是二圖〉等乾隆的畫像，他認為這幾幅畫中所有的人物都是乾隆，是乾隆自己與自己「同框」的畫像，見解獨特。個人亦認同此一

右：涂璨琳教授所繪〈採芝圖〉是老道與小童的標準組合。
左：北京故宮藏〈平安春信圖〉底稿，上有乾隆七十二歲時的題詩，嘆息此時已無人認得少年的他。

看法，這種再現宋人「二我圖」的繪圖，符合乾隆的真實。

〈平安春信圖〉是郎世寧所繪另一幅弘曆肖像，構圖一樣是兩人互看，從少年與小童變成了中年與少年。北京故宮《紫禁城》月刊一七七期王子林撰文，對比各時期乾隆的畫像，認為圖中二人都是乾隆。

劉靜敏教授參照乾隆十四年二月初十內務府造辦處活計檔，及論文資料，認為〈平安春信圖〉的初始是養心殿西暖閣油畫，換成通景水畫案相關。目前養心殿三希堂西牆通景畫就是〈平安春信圖〉類似構圖，則底稿完成亦約在此時。

這年弘曆四十歲，畫中較年長者似是四十歲容貌。劉靜敏提出，若〈採芝圖〉是初見康熙十一歲的弘曆，看著剛封寶親王廿三歲的自己，那〈平安春信圖〉可以是四十歲的乾隆看著廿三歲的寶親王弘曆。

乾隆似是非常欣賞這個構圖，另有絹本〈平安春信圖〉，係朱紹良私人收藏，亦可能為郎世寧所繪。

僅北京故宮所藏藍底紙本上有壬寅暮春的御題。壬寅為乾隆四十七年，距郎世寧去世十六年了，這年弘曆七十二歲，御題：「寫真世寧擅，繢我少年時，入室皤然者，不知此是誰。」題詩時乾隆看到自己年輕時的畫像，感嘆現在身邊已沒人識得他少年面貌了。

這年他十七個兒子中僅永瑢、永璇、永瑆、永琰及永璘五人存活，十九位封后妃妻室僅循貴妃、穎貴妃、惇妃、愉貴妃、婉貴妃、容妃及晉妃七人仍在，對七十幾的古稀老人確實是一種哀傷。〈平安春信圖〉畫上鈐有三方印章，自右至左是「太上皇帝之寶、古稀天子、八徵耄念之寶」表示他七十歲、八十歲及八十六歲當太上皇後，仍時時拿出這幅畫作賞析，並鈐印記之。

朱紹良藏絹本〈平安春信圖〉，證實乾隆對此構圖的執念。

是一是二

中國古代即有「畫中畫」形式，五代周文矩〈重屏會棋圖〉為其中精品，現存大都為宋代摹本。

台北故宮博物院藏「無款宋畫冊頁」，其中一幅極特別的畫作，畫中人的畫像與畫中人一起出現，宋人稱這類畫作為「二我圖」。

乾隆時此圖應已為宮中藏品，這張畫也特別為乾隆喜愛，他命丁觀鵬、姚文瀚等宮廷畫家將他御容畫成這樣構圖，名〈是一是二圖〉。現存相類似的圖像至少有五幅，真是樂此不疲。這些圖無署名題款，畫中乾隆是中年面貌，可能與〈平安春信圖〉完成年代相近。

最早的「畫中畫」形式，五代周文矩〈重屏會棋圖〉，圖為美國佛利爾美術館藏本，原圖已流失。為宋代之臨摹本。

乾隆特別喜歡的〈是一是二圖〉，原型是台北故宮藏「歷代畫幅集冊」或被稱為〈二我圖〉。

五幅畫題句皆為「是一是二？不即不離；儒可墨可，何慮何思？」但落款不盡相同，有「養心殿偶題并書」、「長春書屋偶筆」及「那羅延窟題并書」多種。

此題表面的意思是儒、墨兩家的學說如同坐榻上的他與畫像中的他是不可分的。實際上，乾隆認為畫中兩個他「是一是二」，無法區分那一個是真的，那一個又是假的。

〈是一是二〉圖中珍玩，如「新莽嘉量、齊縈姬盤、冊方斝」均真實存在，為當時宮廷收藏品。

乾隆〈是一是二圖〉，相類似的圖像至少五幅，有那羅延窟、養心殿及長春書屋題等，每幅背後圖畫、桌上古玩，均有些許不同。

上右：清改琦繪《紅樓夢》中場景，真假寶玉的夢中相會。
下：裕瑞《棗窗閒筆》形容二個寶玉，「是一是二令人真假難分」。
上左：國立故宮博物院藏〈元張雨題倪瓚像〉亦為畫中畫，上鈐「樂善堂鑑藏寶」甚得乾隆喜愛。

色筆墨、細考其用意不至多叙風景
之處、故知雪芹著不出此下之也、觀
前五十六回中、寫甄家來京四個女
人見賈母、言甄寶玉情性、并其家事、
隱約異同、是一是二、令人真假難分、
斯為妙文、後寶玉對鏡作夢云云、明

不論是〈採芝圖〉、〈平安春信圖〉或〈是一是二圖〉，潛意識中乾隆對「二我」的執念揮之不去，而與他同時代的曹雪芹亦然。

努爾哈赤第十五子多鐸的五世孫裕瑞，所撰《棗窗閒筆》一書透露不少曹家訊息，是研究《紅樓夢》極最重要的著作之一。裕瑞寫道：

「五十六回中寫甄家來京，四個女人見賈母，言甄寶玉情性並其家事，隱約異同，『是一是二』令人真假難分斯為妙文。後寶玉對鏡作夢云云，明言甄真假賈，彷彿鏡中現影……」

他特別提到「是一是二」，乾隆同名圖中的氛圍，聯想《紅樓夢》中太虛幻境石牌坊對聯「假作真時真亦假，無為有處有還無。」全書核心之一就是「真、假」。

書中有甄、賈兩府還有兩個幾乎一模一樣的寶玉，第二回中由冷子興述說南京甄家有這麼一位公子，脂批說明「甄家之寶玉，乃上半部不寫者，故此處極力表明，以遙照賈家之寶玉。凡寫賈寶玉之文，則正為甄寶玉傳影。」這種寫法古今中外絕無僅有。

元妃省親時點戲〈仙緣〉下脂批「《邯鄲夢》中伏甄寶玉送玉。」有紅學家推測可能原安排賈寶玉因失玉昏迷，夢入太虛幻境。甄寶玉送玉將他喚醒，此一情節前八十回並未出現，似已被刪去。

第五十六回甄寶玉仍未現身，只

在夢中登場，作者精采地描述二玉夢中的互動。此回緣於江南甄家女眷到京進宮朝賀，說起他們家有一個「模樣是一樣、淘氣也一樣」的甄寶玉致「……寶玉心中便又疑惑起來：若說必無，然亦似有，若說必有，又並無目睹。心中悶了回至房中榻上默默盤算，不覺就忽忽的睡去……」，不覺竟到了一座彷彿大觀園一般的花園，也有一間如同怡紅院的屋子，榻上臥著一個公子也在長呼短嘆妹妹，說道：「『我聽見老太太說，長安都中也有個寶玉和我一樣的性情，我只不信。我才作了一個夢……好容易找到他房裡頭偏他睡覺……』」兩人夢中互道「原來你就是寶玉？」

夢卻因兩人父親叫喚都嚇醒：寶玉醒後與大鏡對面相照，暗示甄、賈寶玉為一鏡之正反，雙向傳影彼此都境象化。此是第二回脂批「為甄寶玉傳影」千里之外的落實。

庚辰本第廿二回脂批「將薛林作甄玉賈玉看書，則不失執筆人本旨矣。」是另一類的「是一是二」。《紅樓夢》中更神秘的「二我」就是「釵黛本一身」，四十二回回前總批「釵黛名雖二個人卻一身，此幻筆也。今書至三十八回時已過三分之一有餘，故寫是回使二人合而為一。請看黛玉逝後寶釵之文字便知余言不謬矣。」這場景與「甄寶玉送玉」一樣並未出現，我們只能從脂批上一窺究竟。至於如何描寫才能釵黛合一，紅學權威俞平伯也沒能給個說法，是紅樓難題。

看到「真假」與「虛實」在乾隆重要畫像中忽隱忽現，乾隆與《紅樓夢》會一點關係都沒有嗎？

高陽提出新紅學，認為「怡紅」是曹寅外孫鑲紅旗平郡王福彭，與革職抄家北返後看管曹家的怡親王胤祥。己卯本《石頭記》似是怡王府抄本，雍正破格再封胤祥子弘晈為寧郡王，神似榮國府與「寧」國府。故事場景延伸到乾隆年，他甚而說沒有福彭就沒有《紅樓夢》。

清孫溫《繪全本紅樓夢》第五十六回，畫中似夢似真，共有四個真假寶玉。

《紅樓夢》賈家玉字輩的名字中與乾隆的瓜葛更啟人疑竇，品行不端的賈璉與他被作者形容長得黑眉烏嘴不推薦的弟弟賈琮，竟與孝賢皇后所生，乾隆兩個嫡子永璉與永琮撞名。賈寶玉同宗窮親戚賈璜類同皇長子永璜，寶玉心儀的小旦蔣玉菡小名琪官，類同皇五子永琪，有些版本北靜王名水溶，也與皇六子永瑢兩字神似。

這幾位皇子中年紀最小的永琮死於乾隆十二年除夕，此時雪芹仍在世，當然知道「璜、璉、琪、瑢、琮」都是尊貴的乾隆皇子名。

直接撞名乾隆本身是四十六回，鴛鴦拒絕作賈赦小老婆，被賈赦誤認為她是戀看寶玉，氣得鴛鴦說：「我這一輩子莫說是寶玉，便是寶金、寶銀，寶天王，寶皇帝，我橫豎不嫁人……」這幾句話裡的「寶天王、寶皇帝」更加怵目驚心，賈寶玉真的是影射雍正十一年封和碩寶親王的弘曆嗎？

嫡庶

《紅樓夢》書中另一主軸，是階級分明的「嫡、庶」，細讀之下不僅又似見到了乾隆的身影，他不僅庶出，甚而生母身分不明，這可能是他這一生最痛的痛點。

有清一代只有道光、咸豐兩帝是皇后生的嫡子繼位，之前的皇帝都是庶出。康熙皇子三十五人，皇孫康熙在世時就有九十三個，皇子皇孫存活者除了太子胤礽係皇后所生外均為庶子，庶子的身分對乾隆原本不會是壓力。

胤礽雖兩度被罷黜，但皇孫中卻仍有康熙僅承認的唯一嫡皇孫，胤礽側福晉所生的弘晳。康熙對其他皇孫的待遇分三、六、九等，大抵與其父母身分都有關連，皇孫父親若為貴妃或妃所生，與嬪或貴人或更低階者生的不同。

再就考慮皇孫生母的出身，若為嫡福晉且家世尊貴，那皇孫的地位待遇自是高人一等，算下來有一半以上皇孫，連康熙的面都沒見過。弘晳外最得寵的皇孫是皇十四子胤禎的嫡子弘明、弘暟，兩人母親完顏氏是金太祖完顏阿骨打之後，屬尊貴的「各旗勳舊世家」，康熙五十七年十月胤禎任撫遠大將軍王西征後，兩人被接到宮中扶養，次年夏天康熙還為弘明主持婚事。

當時一起入宮的還有副將納爾蘇之子福彭。乾隆要到康熙六十一年三月十一歲才第一次見到祖父。清史專家楊珍亦認為康熙喜歡的孫子還有胤祉嫡子弘晟（此名曾被雍正奪給第八子福惠後又捨棄不用）、胤祺世子弘昇等，文獻中無特殊記載，她認為康熙對弘曆很是一般。

乾隆時期清宮檔案到處記載弘曆最得康熙寵愛，或因喜歡孫子而選擇父親繼位等等，恐怕是膨風的成分居多，況乾隆生母是誰還是一個謎？不論是鈕祜祿氏、錢氏或李姓宮女身分都不高。

隨便翻開《紅樓夢》都可以看到嫡庶的差別待遇，這原也是舊家族的傳統，但書中又隱藏了一些奇怪及不合理的論點。第廿五回一開始因賈環妒忌寶玉，得空將一盞油汪汪的蠟燭向寶玉臉上推，致寶玉臉起了一溜燎泡。

事後王夫人不罵賈環「便叫過趙姨娘來罵道：『養出這樣不知道理下流黑心種子來……』」趙姨娘嘴也不敢回。

次日寶玉寄名的乾娘馬道婆到賈府化香油錢，賈母許了一日五斤後她串門子來到趙姨娘處，看到炕上堆著些零星綢緞就想要點做鞋面。趙姨娘嘆口氣「你瞧瞧那裏頭，還有哪一塊是成樣的？成了樣的東西也不到我手裏來！」繼而兩人搬弄

右：康熙寵愛並親辦婚禮的弘明為皇十四子胤禎嫡子，生母嫡福晉完顏氏為完顏阿骨打之後，身分尊貴。

左：弘明娶完顏家千金，屬尊貴的「各旗勳舊世家」。

一些正房的是非後，漸漸說到一塊了，並在馬道婆得到些首飾、碎銀及借據承諾後同意協助施法魘鎮寶玉及鳳姐。馬道婆還說了「我不忍你們娘兒兩個受別人的委屈」。這時趙姨娘又說了奇怪的話「你若果然法子靈驗，把他兩個絕了，明日這家私不怕不是我環兒的。那時你要什麼不得？」

賈寶玉與王熙鳳死後，賈家家私是絕對輪不到賈環母子的，賈政的員外郎是皇帝額外恩賜並非世襲，賈政的財產賈蘭當然是第一順位，況宮中的元春是寶玉親姊。鳳姐朝中有大官伯父王子騰，她若去世賈璉正好可以另娶，趙姨娘母子恐怕拿家私的機會沒，送官嚴辦倒是有份。作者難道不知這現實狀況嗎？

第七十五回，更奇怪的文字出現「……賈環近日讀書稍進……故每常也好看些詩詞專好奇詭仙鬼一格。今見寶玉作詩受獎他便技癢，只當著賈政不敢造次。如今可巧花在手中便也索紙筆來，立揮一絕與賈政。賈政看了亦覺罕異，只是詞句終帶著不樂讀書之意……賈赦乃要詩瞧了一遍，連聲贊好，因回頭吩咐人去取了自己的許多玩物來賞賜與他。因又拍著賈環的頭，笑道『這詩據我看甚是有骨氣。想來咱們這樣人家，原不比那起寒酸定要雪窗熒火一日蟾宮折桂方得揚眉吐氣。咱們的子弟都原該讀些書不過比別人略明白些，可以做得官時，就跑不了一個官的。何必多費了工夫反弄出書呆子來。所以我愛他這詩，竟不失咱們侯門的氣概。』」

賈赦還說了更奇怪的話「以後就這麼做去方是咱們的口氣，將來這世襲的前程，定跑不了你襲呢。」

書中不論是寶玉或賈環所寫中秋詩都以「……」表示。《紅樓夢》中僅詩與詩謎加起來近百首，還不包括詞、曲等等，這麼重要的詩兩首竟都是「……」。賈赦確實任世襲的官，他有兩個兒子賈璉與賈琮，爵位怎麼都輪不到賈環，這段文字怎麼看來都太奇怪了。

乾隆在《紅樓夢》中
究竟是否賈寶玉（左圖帶藍纓小兒）？
賈蘭（左圖紅纓小兒）
或竟然是賈環（藍纓站立小兒）？
三人服裝、配飾與桌上筆筒、筆架檔次不同。

和吉祥

陰影

弘曆的十三道陰影

乾隆登基之初曾說過：「朕御極之初，嘗意至十三年時，國家必有拂意之事，非計料所及者……」當時他會這樣想，是因為他的皇父雍正在位十三年時去世，他對十三這數字有不祥的預感。

一語成讖，乾隆十二年的除夕嫡皇子永琮病逝，十三年三月及十一月，摯愛孝賢皇后及摯友平郡王福彭先後離世，令他感傷不已。

清史學者以乾隆十三年為一個分界點，如高王凌《乾隆十三年》一書，認為弘曆驟然變得殘忍嗜殺，連首席軍機大臣訥親也被賜以祖先之「遏必隆刀」自裁。

他的個性也「由寅畏小心，一切務從寬大而一變為生殺予奪，逞情而為。」這年弘曆三十七歲，他出生到廿二歲封寶親王間，是一連串千辛萬苦的日子。

廿四歲即位後似也前狼後虎，一直到乾隆七年九月廿八日，康熙心目中唯一的嫡皇孫弘皙，被他永遠圈禁在景山東菓園，三年後鬱鬱而終，才算略坐穩了大位。

他一生揮不去的陰影是出身低微，親生母親是誰都有好幾個版本，是與歷史文獻兜不攏的謎。至於他的出生地是雍和宮還是熱河，更是鬧到已發出的兒子遺詔，不得不史無前例地用六百里加急追回重寫。

被追回的兒子遺詔

右：嘉慶帝幼年時與母親畫像，電視劇中令妃魏佳氏的原型。

下：中央研究院歷史語言研究所藏品，被追回的嘉慶遺詔原版，直言乾隆出生於熱河灤陽行宮。
上：康熙賜名題匾避暑山莊。

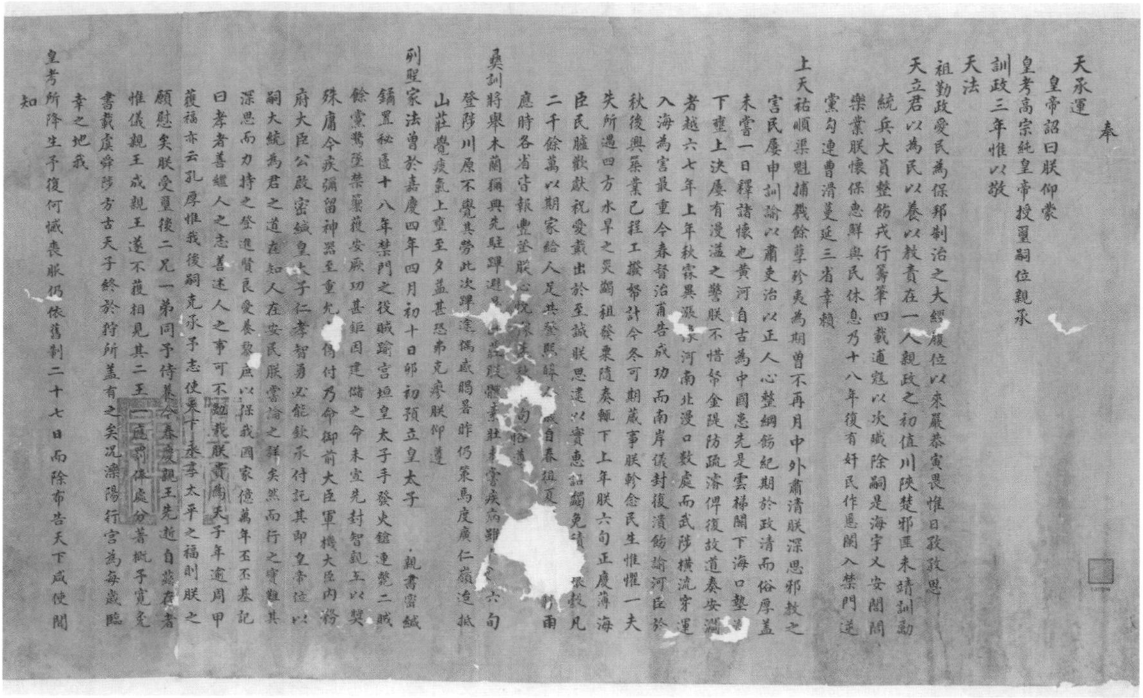

奉
天承運
皇帝詔曰朕仰蒙
皇考高宗純皇帝授璽嗣位親承
訓政三年惟以敬
天法
祖勤政愛民為保邦制治之大經履位以來嚴恭寅畏惟日孜孜思
天立君以為民以養以教責在一人親政之初值川陝楚邪匪未靖訓勵
統兵大員整飭戎行籌筆四載蕩寇以次殲除嗣是海宇乂安閭閻
樂業朕懷保惠鮮與民休息乃十八年復有奸民作逆闖入禁門逆
黨勾連曹滑蔓延三省幸賴
上天祐順渠魁捕戮餘孽殄夷為期曾不再月中外肅清朕深思邪教之
害民屢申訓諭以肅吏治以正人心整綱飭紀期於政清而俗厚蓋
未嘗一日釋諸懷也黃河自古為中國患先是雲梯關下海口壅[illegible]
下壅上決屢有漫溢之警朕不惜帑金隄防疏濬俾復故道奏安瀾
者越六七年上年秋霖異漲[illegible]河南北漫口數處而武陟橫流穿運
入海為害最重今春督治甫告成功而南岸儀封復潰飭諭河臣於
秋後興築業已程工撥帑計今冬可期蔵事朕軫念民生惟懼一夫
失所遇四方水旱之災蠲租發粟隨奏輒下上年朕六旬正慶溥海
臣民臚歡獻祝愛戴出於至誠朕思逮以實惠詔蠲免積[illegible]數凡
二千餘萬以期家給人足共登熙皞[illegible]自春徂夏[illegible]時雨
應時各省咨報豐登朕心[illegible]六句
[illegible]訓將舉木蘭獮典先駐蹕避[illegible]壯素[illegible]疾病[illegible]六旬
登陟川原不覺其勞此次駐蹕適偶感暑昨仍策馬度廣仁嶺迨抵
山莊覺痰氣上壅至夕益甚恐弗克瘳朕仰遵
列聖家法曾於嘉慶四年四月初十日卯初預立皇太子 親書密緘
鐍置秘匣十八年禁門之役賊踰宮垣皇太子手發火鎗連斃二賊
餘黨驚墜禁籞獲安厥功甚鉅因建儲之命未宣先封智親王以獎
殊庸今疾彌留神器至重允宜付乃命御前大臣軍機大臣內務
府大臣公啟密緘皇太子仁孝智勇必能欽承付託其即皇帝位以
嗣大統為君之道在知人在安民朕嘗論之詳矣然而行之實難其
深思而力持之登進賢良愛養黎庶以保我國家億萬年丕丕基記
曰孝者善繼人之志善述人之事可不勉哉朕賓天子年逾周甲
獲福亦云孔厚惟我後嗣克承予志使天下永享太平之福則朕之
願慰矣朕受璽後二兄一弟同予侍養今春成親王先逝自茲存者
惟儀親王成親王遂不獲相見其二王[illegible]體處分著概予寬免
書載虞舜陟方古天子終於狩所蓋有之矣況灤陽行宮為每歲臨
幸之地我
皇考所降生予復何憾喪服仍依舊制二十七日而除布告天下咸使聞
知

嘉慶廿五年例行木蘭秋獮，皇帝於七月廿五日到達熱河行宮，可能因天氣仍熱，加上旅途勞頓，六十歲的顒琰次日就突然去世了。同年八月初五朝廷頒〈嘉慶遺詔〉，皇后所生嫡長子旻寧繼位年號道光。

九月初九，朝廷突然以六百里加急將已發的〈嘉慶遺詔〉追回。緣於內閣將遺詔副本，呈給道光帝看時竟有「非比尋常的錯誤」。

清代並未銷毀原檔案，民國後歸中研院歷史語文所庋藏，原版原件差點被當廢紙賣掉。公布原件後才知錯誤是對皇祖出生地點爭議，原版是「……況灤陽行宮為每歲臨幸之地，我皇考所降生，予復何憾。」

意思是嘉慶帝自八歲起，每年都跟著皇考去「灤陽行宮」，也知道那裡是皇考誕生的地方，所以在那裡去世，當安詳閉目無憾。後修正成為「灤陽行宮為每歲臨幸之地，我祖考神御在焉，予復何憾。」變成因這裡掛了祖父及父親畫像，令我無憾在此辭世，簡直不知所云。

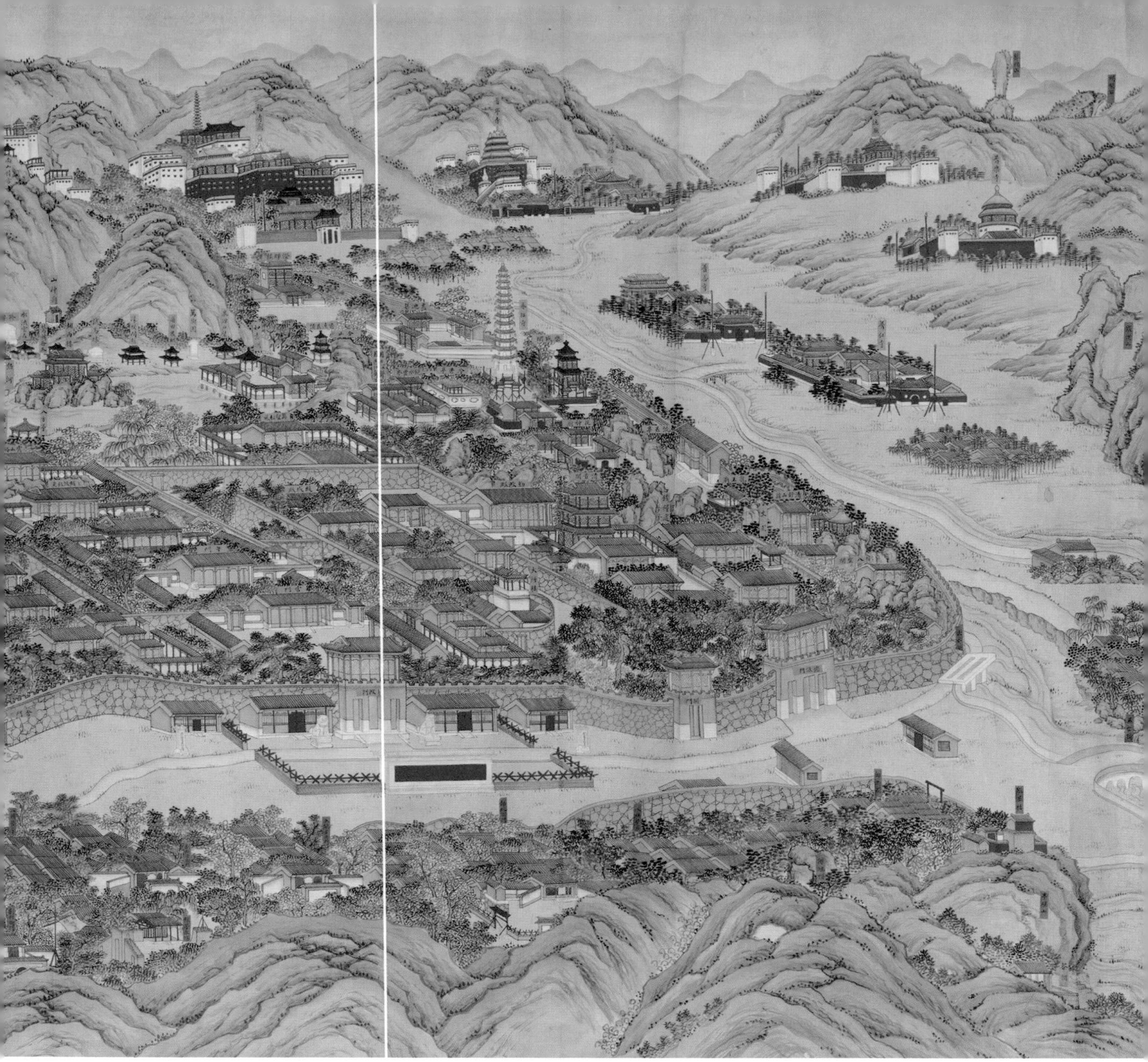

灤陽行宮是順治七年為多爾袞狩獵休憩，所建的小行宮，未久多爾袞去世。康熙年間為配合皇帝處理北方及蒙古公務，從北京到木蘭圍場間共建了大大小小廿一間行宮。灤陽行宮在康熙四十年左右曾小規模整修稱喀喇河屯行宮，終因腹地不夠而需在附近覓地另建。

康熙五十年熱河行宮完成，賜名題匾「避暑山莊」。離宮前朝、後寢的規模宏大完備，正殿全為金絲楠木所建，花園池林模仿江南庭園美不勝收。規模在乾隆年間達到最盛，四周有內八廟、外八廟。有了避暑山莊，乾隆為何每歲還要臨幸二十里外，這樣一個小小的灤陽行宮?不免啟人疑竇。

遺詔主稿是四位軍機大臣富察托津、戴均元、盧蔭溥與文孚，道光帝追究責任時回奏遺詔並非杜撰，並提出多項證據。引乾隆時軍機章京管世銘詩作，他多次陪同乾隆秋獮，其《韞山堂詩集》中僅隨皇帝打獵的詩〈扈蹕秋獮紀事組詩〉就

有三十四首。其中有「慶善祥開華渚虹，降生猶憶舊時宮。年年諱日行香去，獅子園邊感聖衷。」句。

「華渚虹」典出少昊的母親居華胥之渚，見到星如流虹而生少昊，管詩下並注釋「獅子園為皇上降生之地，常於憲廟忌辰臨駐。」因皇帝生辰與雍正忌日只差十天，每年此時乾隆都會到獅子園上香，邊感懷先帝的心意。

乾隆共來過灤陽行宮九十四次，居住了九十九天，並在這裡寫了一百零四首詩。嘉慶帝自八歲開始每年都隨父親來這裡，他即位後幾乎北巡秋獮也都會在此住下。

上右：熱河行宮歷經了康、雍、乾三朝，始有目前宮殿及外八廟的宏大規模。
上左：國家圖書館典藏喀喇河屯行宮圖。

灤陽行宮是到達熱河行宮前的小行宮，獅子園是熱河行宮附近雍正的賜園，這是不同的三個地方，獅子園約與熱河行宮同時期完成，康熙五十一年時賜予雍正。

乾隆若生於熱河，個人推測應是出生在灤陽行宮，九歲之前則隨母居住於獅子園。

另一證據也是詩，嘉慶元年八月十三日乾隆八十六歲生日，首次以太上皇的身份慶生，地點就在避暑山莊。嘉慶帝以〈萬萬壽節率王公大臣等行慶賀禮恭記〉為題，命賀壽者作詩，他自己也有一首，詩首聯「肇建山莊辛卯年，壽同無量慶因緣。」下加注「康熙辛卯肇建山莊，皇父以是年誕生都福之庭。山莊符仁壽……此中因緣不可思議。」提到辛卯是康熙為山莊題匾之年，正是太上皇誕生於斯，這麼重要的祝壽詩，太上皇不可能不過目的。

第二年，乾隆仍到避暑山莊過生日，嘉慶帝一樣是率領群臣賦詩賀壽，他自己的詩句有「合萬方歡群愛敬，以天下養式儀型。」下自注「敬惟皇父以辛卯歲誕生於山莊都福之庭，躍龍興慶，集瑞鍾祥。」嘉慶八年顒琰欽定自己的《御制詩初集》，為太上皇祝萬萬壽的詩都刊行在內。嘉慶如此深信皇父生於熱河，當然是皇父自己告訴他的。

其實這個乾隆出生地的疑惑，道光追回遺詔前，在嘉慶十二年已經折騰過一次了。實錄館館臣於纂修《清高宗實錄》和《清高宗聖訓》初稿，呈皇帝親自審訂。《聖訓》首篇〈誕聖〉載乾隆皇帝誕於「雍和宮邸」，嘉慶皇帝以為疑飭令館臣查覆，實錄館副總裁翰林出身的劉鳳誥，收到查覆的嚴旨後，以乾隆《御制詩集》夾簽呈進為證，指出〈雍和宮詩〉下注「予實於康熙辛卯歲生於是宮也」於是「上意始解」。疑團真的冰釋了嗎？

上：避暑山莊內湖洲區原有九湖十島。
下：金絲楠木建的澹泊敬誠殿，是聽政、見王公大臣及外國使節處。

雖審查過關，但嘉慶並未明降諭旨收回他自己詩集「皇父降生山莊都福之庭」等的內容，究竟是他息事寧人不願張揚，或他確實深信皇父所說他是出生在熱河的。

經過遺詔事件後，道光帝一併修訂《清仁宗御制詩初集》原刊，將有關乾隆生在熱河等注，均刪改。

嘉慶遺詔最早版所述乾隆出生地是熱河灤陽行宮若屬真實，那麼史料所記，他出生於雍王府東書院如意室就是篡改過的，有史學家認為最早僅雍王府、後加東書院，最後冒出如意室就是造偽的證據。

他出生在那裡會牽連到另一個更大的謎團，他的生母是誰？真的是玉牒所載「熹妃鈕祜祿氏」？還是檔案存底所顯示，雍正初封熹妃的「錢氏」？或是跟熱河相關某位身分極低的女子？

弘曆怎麼也沒想到，他的嫡孫道光這麼沒智慧，在處理他兒子的遺詔時，會把他掩蓋了很久，最最底層的創傷（trauma）這般地展現。

澹泊敬誠

右：熱河行宮外八廟
普陀宗乘廟的主殿稱萬法歸一殿，
頂覆鎏金魚鱗銅瓦，屋脊波狀鎏金，
共使用一萬四千兩金葉。
上：嘉慶帝清仁宗顒琰乾隆第十五子，
道光帝清宣宗旻寧，嘉慶嫡子、乾隆之孫。

後記

因撰寫大行皇帝遺詔的錯誤非尋常可比，吏部議當事者以革職。道光帝念在皇考梓宮在殯，實不忍處分太過嚴厲。托津、戴均元均退出軍機處，各降四級留任。盧蔭溥、文孚仍留軍機處，各降五級留任。

這四位軍機大臣不久竟都升了官，皇帝對他們寵信不減，且個個長壽。托津做到左都御史，死後追贈太子太師、諡文定入祀賢良祠。戴均元任文淵閣大學士管刑部，退休還鄉皇帝賜詩送行在籍食全俸。

另盧蔭溥遍任吏、戶、禮、兵、刑、工部尚書，授予體仁閣大學士、加太子太保、太子太傅。文孚竟然還繼續負責修編《清仁宗實錄》，太子太傅，賜紫韁、繪像紫光閣，後轉文淵閣大學士，死後追贈太保、諡文敬。

完全不像是對待犯了非比尋常錯誤的人的下場。

祖父遺詔的謊言

康熙六十一年十一月十三戌時，皇帝玄燁在暢春園崩逝，這是有清一代極其渾沌不明的一天，清宮最大的疑案，就是這天雍正是否「矯召奪嫡」，他真是如遺詔所述「皇四子胤禛人品貴重深肖朕躬。必能克承大統。著繼朕登基即皇帝位」嗎？或是奪了他同胞弟弟，皇十四子胤禎的帝位？

滿文《上諭檔冊》記：

康熙六十一年十一月十四日諸阿哥等奏：恭閱尚書隆科多撰書《遺詔》。奉旨：是。著交內務府、翰林院會同撰寫。

顯示了遺詔是雍正即位已大勢抵定後，由隆科多主稿的作品，不足以證明雍正即位的「正當性」，也不會有「十四」改寫為「于四」的破綻。這份遺詔是政爭之後勝利者的果實，本身就是個謊言。

研究清史的清宗室後人金承藝所撰〈胤禎：一個帝夢成空的皇子〉文，主張康熙帝本欲傳位於皇十四子，卻被皇四子胤禛聯合隆科多及年羹堯內外兩大勢力，通過封鎖消息、毀滅證據等手段成功奪位。

現存康熙或雍正《實錄》內，均稱皇十四子名字為胤禵或避諱後的

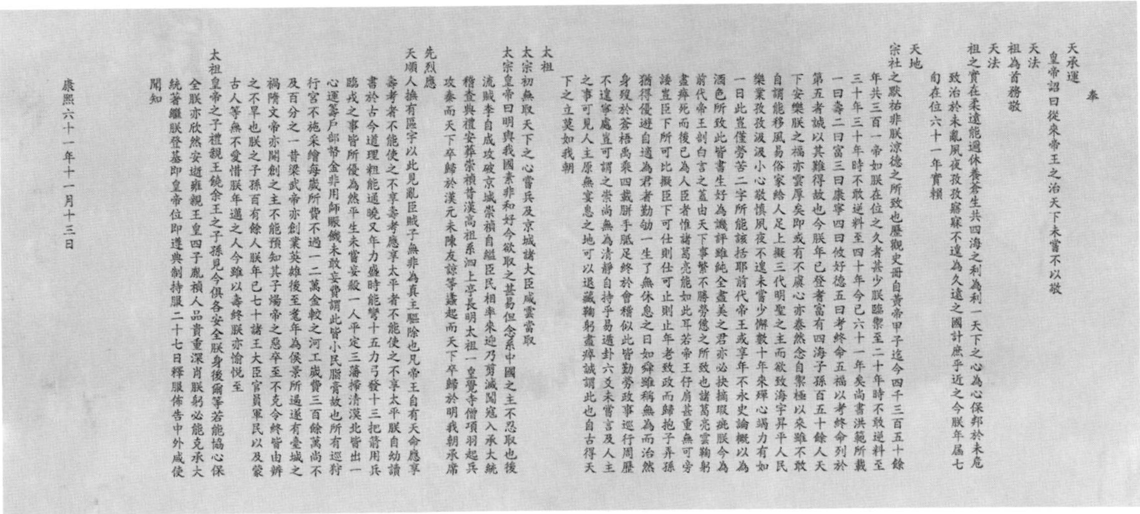

奉
天承運
皇帝詔曰從來帝王之治天下未嘗不以敬
天法
祖為首務敬
天法
祖之實在柔遠能邇休養蒼生共四海之利為利一天下之心為心保邦於未危
致治於未亂夙夜孜孜寤寐不遑為久遠之國計庶乎近之今朕年屆七
旬在位六十一年實賴
天地
宗社之默祐非朕涼德之所致也歷觀史冊自黃帝甲子迄今四千三百五十餘
年共三百一帝如朕在位之久者甚少朕臨御至二十年時不敢逆料至
三十年三十年時不敢逆料至四十年今已六十一年矣尚書洪範所載
一曰壽二曰富三曰康寧四曰攸好德五曰考終命五福以考終命列於
第五者誠以其難得故也今朕年已登耆富有四海子孫百五十餘人天
下安樂朕之福亦云厚矣即或有不虞心亦泰然念自御極以來雖不敢
自謂能移風易俗家給人足上擬三代明聖之主而欲致海宇昇平人民
樂業孜孜汲汲小心敬慎夙夜不遑未嘗少懈數十年來殫心竭力有如
一日此豈僅勞苦二字所能該括耶前代帝王或享年不永史論概以為
酒色所致此皆書生好為譏評雖純全盡美之君亦必抉摘瑕疵朕今為
前代帝王剖白言之蓋由天下事繁不勝勞憊之所致也諸葛亮云鞠躬
盡瘁死而後已為人臣者惟諸葛亮能如此耳若帝王仔肩甚重無可旁
諉豈臣下所可比擬臣下可仕則仕可止則止年老致政而歸抱子弄孫
猶得優遊自適為君者勤劬一生了無休息之日如舜雖稱無為而治然
身歿於蒼梧禹乘四載胼手胝足終於會稽似此皆勤勞政事巡行周歷
不遑寧處豈可謂之崇尚無為清靜自持乎易遯卦六爻未嘗言及人主
之事可見人主原無宴息之地可以退藏鞠躬盡瘁誠謂此也自古得天
下之立莫如我朝
太祖
太宗初無取天下之心嘗兵及京城諸大臣咸云當取
太宗皇帝曰明與我國素非和好今欲取之甚易但念係中國之主不忍取也後
流賊李自成攻破京城崇禎自縊臣民相率來迎乃翦滅闖寇入承大統
稽查典禮安葬崇禎昔漢高祖系泗上亭長明太祖一皇覺寺僧項羽起兵
攻秦而天下卒歸於漢元末陳友諒等蜂起而天下卒歸於明我朝承席
先烈應
天順人撫有區宇以此見亂臣賊子無非為真主驅除也凡帝王自有天命應享
壽考者不能使之不享壽考應享太平者不能使之不享太平朕自幼讀
書於古今道理粗能通曉又年力盛時能彎十五力弓發十三把箭用兵
臨戎之事皆所優為然平生未嘗妄殺一人平定三藩掃清漢北皆出一
心運籌戶部帑金非用師賑饑未敢妄費謂此皆小民脂膏故也所有巡狩
行宮不施采繪每處所費不過一二萬金較之河工歲費三百餘萬尚不
及百分之一昔梁武帝亦創業英雄後至耄年為侯景所逼遂有臺城之
禍隋文帝亦開創之主不能預知其子煬帝之惡卒至不克令終皆由辨
之不早也朕之子孫百有餘人朕年已七十諸王大臣官員軍民以及蒙
古人等無不愛惜朕年邁之人今雖以壽終朕亦愉悅至
太祖皇帝之子禮親王饒余王之子孫見今俱各安全朕身後爾等若能協心保
全朕亦欣然安逝雍親王皇四子胤禛人品貴重深肖朕躬必能克承大
統著繼朕登基即皇帝位即遵典制持服二十七日釋服佈告中外咸使
聞知
康熙六十一年十一月十三日

右：清聖祖玄燁年號康熙，晚年時大位他究竟意屬何人成謎。
下：〈康熙遺詔〉（摹擬），不足證明雍正繼位的合法性。

允禵，金承藝質疑雍正原名並非胤禛，他即位後先將弟弟胤禎的名字改為允禵，自己用發音相似的胤禛來「亂真」是「奪嫡」的關鍵。

康熙五十七年十月十二日，三十歲的胤禎被任命為撫遠大將軍，並由所封「固山貝子」之銜跳過「貝勒」位階超授王爵（清代皇家宗室爵位順序為和碩親王、多羅郡王、多羅貝勒、多羅貝子……）且「用正黃旗之纛，照依王纛式樣。」（纛音『到』，係軍中大旗）

啟程之時「出征之王、貝子、公等以下俱戎服，齊集太和殿前。不出征之王……俱蟒服齊集午門外。大將軍胤禎跪受敕印，謝恩行禮畢隨敕印出午門，乘騎出天安門由德勝門前往……大將軍胤禎望闕叩首行禮肅隊而行。」規格等同天子親征。

胤禎西征時寫給康熙家信「皇父仁愛愛臣弘明攜往熱河，諸項食用之物均次第賜、又將臣之妻兄羅蔭泰之女許嫁弘明，對臣女嫁妝又施恩賞。臣聞之不勝喜悅。」弘明為嫡福晉完顏氏所生嫡子，胤禎西征後即被接到宮中撫養，康熙五十八年夏獲皇祖指婚，將其嫡母完顏氏之兄的千金許配給他，並親手為他舉辦婚禮。胤禎女兒雖非嫡出，此時成婚也獲恩賞豐厚嫁妝，讓遠在邊塞的胤禎不勝喜悅，這種種的跡證都顯示，胤禎極可能就是未來大位的繼承人。

胤禎西征副將平郡王納爾蘇是曹寅女婿，納爾蘇嫡子曹佳氏所生當時十歲的福彭，也隨弘明兄弟一起入宮生活。此時曹寅、曹顒父子均已去世，擔任江寧織造的是曹寅過繼之子曹頫（他極可能是雪芹的親生父親）。曹寅生前廣交名士、刻精本書，加上四次接駕及王族親貴太監需索，已累計巨額的虧空。此時曹頫每日困擾虧空持續擴大，曹家的希望必是押在皇十四子能繼大位，納爾蘇跟著水漲船高。

也有學者主張康熙當時尚未確定繼位者，因康熙六十年胤禎曾回京述職，十二月《實錄》「癸丑，撫遠大將軍允禵至南苑陛見。」次年四月十五日「己巳，命撫遠大將軍允禵復往軍前。」年老體弱的皇帝讓心目中皇位繼承人回京後，再次遠赴西北戰區險境不合邏輯。

上：暢春園康熙去世後在雍正元年和乾隆四十年時改建為恩佑寺與恩慕寺，民國初僅殘存兩寺山門。
左：傳說康熙意屬繼位的皇十四子夫婦。

康熙六十一年時皇帝身體可能並沒有想像中虛弱，這年《實錄》雖被刪得沒多少內容，四月命皇十四子回西北的前兩日「上巡幸塞」，此次共有十一位皇子同行，四月廿八日到達熱河行宮。《實錄》記錄這年七月「皇四子和碩雍親王胤禛恭請上幸王園、進宴。」王園是雍正熱河賜園獅子園。

這年十一月康熙去世，不到兩個月蘇州織造李煦以近七十高齡被革職抄家，計虧空三十八萬兩。房舍賞年羹堯，家人及奴僕被變賣。意味著一樣虧空的江寧織造曹頫，被革職抄家是指日可待的。

馮爾康所著《雍正傳》的〈查抄江寧織造曹家〉章節指出「雍正前期，抄了很多人的家，曹頫不過是羅罪者之一，他的官職又小，被抄

家對於當時的政局幾乎沒有影響原無足深論，似乎更沒有在雍正傳記中開闢專章來敘述的道理，但是抄家影響了曹家成員曹雪芹的生活思想及《紅樓夢》的創作。」

《紅樓夢》中未能補天的石頭是與大位擦身而過的胤禛嗎？還有一說是影射廢太子胤礽，書中有與胤礽同為五月初三生日的薛蟠，這個「蟠」是早期龍無法飛天。也有人認為是指胤礽之子，極得康熙鍾愛的唯一嫡皇孫弘皙。

雍正所公布的康熙遺命，除了他自己即位「深肖朕躬」說辭外，並沒有強調康熙對乾隆的喜愛，反而是「嫡長孫弘皙得康熙鍾愛封和碩親王爵」，是否弘皙也是康熙考慮繼承大位的人選？我們現在所看到的史料，康熙最鍾愛的孫子從弘皙變成了弘曆。第二天弘皙就被封為理郡王，同時諭內閣「貝勒允禩、十三阿哥允祥俱封為親王。」

清代皇家宗室爵位冊封順序為和碩親王、多羅郡王、多羅貝勒、多羅貝子、鎮國公、輔國公……等，這幾個人的恩典怪異弔詭處在都是跳級冊封，皇八子允禩從貝勒跳到親王、皇十三子允祥及嫡皇孫弘皙都是從白身跳到親王、郡王。弘字輩弘皙是第一個獲封，雍正此時有四個親生兒子：十八歲的弘時、十一歲的弘曆與弘晝及兩歲的福惠，什麼封賜都沒有。

右：《紅樓夢》中薛蟠生日與康熙廢太子胤礽同為五月初三，兩人惡行亦雷同。蟠螭為無法飛天的龍，是否隱喻胤礽無緣大位，帝夢成空。

後記 禛 禎 箏 爭

康熙皇十四子胤禎究竟曾經名為胤禵或被改名？

清史專家馮爾康、楊啟樵等各有看法，有認為本名是胤禵後改名胤禎，雍正即位又恢復稱允禵。或認為本名胤禎，玉牒是經過雍正篡改。別人名「禎」也罷，若係皇十四子用，兩人大位屬誰天下已多謠言，若不替他改名允禵，必橫生更多枝節。

檢視《紅樓夢》全書探春言行，除曾虧了「舅舅隆科多」一下，似還有不少能與雍正連結的。第五回探春讖詩的畫中初見「風箏」登場「後面又畫著兩人放風箏，一片大海……」被認為是暗示探春遠嫁。第廿二回探春的謎面「階下兒童仰面時，清明粧點最堪宜。遊絲一斷渾無力，莫向東風怨別離。」，謎底「風箏」在探春與賈政一問一答下揭曉。

七十回〈林黛玉重建桃花社、史湘雲偶填柳絮詞〉回目雖無提及風箏，但此回最後有一段極其混亂的情節，「風箏」真的飛上了天。似是作者最後才添寫的。描述大家還在填柳絮詞，突然「聽窗外竹子上一聲響，恰似窗屜子倒了一般，眾人唬了一跳。丫鬟們出去瞧時簾外丫鬟嚷道『一個大蝴蝶風箏掛在竹梢上了。』」風箏突兀地登場了，引發起眾人在暮春時分放風箏的興致。

大家放的風箏不同，按作者一貫個性，應該各有不同的意義。探春放的是一隻「軟翅子大鳳凰風箏」究竟代表什麼？全回此風箏的描述最多「探春正要剪自己的鳳凰，見天上也有一個鳳凰，因道『這也不知是誰家的。』眾人笑說『且別剪你的，看他倒象要來絞的樣兒。』說著，只見那鳳凰漸逼近來遂與這鳳凰絞在一處。眾人方要往下收線那一家也要收線，正不開交，又見一個門扇大的玲瓏喜字，帶著響鞭，在半天如鐘鳴一般，也逼近來。眾人笑道『這一個也來絞了。且別收讓他三個絞在一處倒有趣呢。』說著那喜字果然與這兩個鳳凰絞在一處。三下齊收亂頓，誰知線都斷了，那三個風箏飄飄搖搖都去了……」

因「箏」與「爭」兩字字型接近、發音一致，所爭的究竟是什麼？鳳凰是鳥中之王，是兩王相爭嗎？那第三個纏上來的喜字風箏，喜音同「璽」難道暗示玉璽嗎？所爭的是王位嗎？

這三回巧妙地應用「爭、箏」與「禛、禎」同音，隱藏了脈絡線索，使風箏扮演了充滿了象徵意義，且穿透全場的角色。

風箏多次出現《紅樓夢》中，有讖詩、謎面及實體的放風箏，上為孫溫所繪第七十回意象。

模糊的母親

乾隆事母極孝，為歷代帝王中少見，每逢太后整壽都大肆慶祝，南巡北訪及秋獮都奉太后同行互動極為親密，學者大都認為兩人應是親母子。這位崇慶皇太后乾隆四十二年以八十六高壽去世，有史以來最最享福的太后，無人能出其右。

官方文獻如記載崇慶皇太后是熹妃鈕祜祿氏、弘曆生於雍親王府東廂房。長久以來此說頻被質疑，各種說法紛紛紜紜。

官方紀錄案底中國第一歷史檔案館一九九九年公布《雍正朝漢文諭旨》記載，獲封熹妃是錢氏。一朝一封號不可能被二用，熹妃是鈕祜祿氏說法有瑕疵。

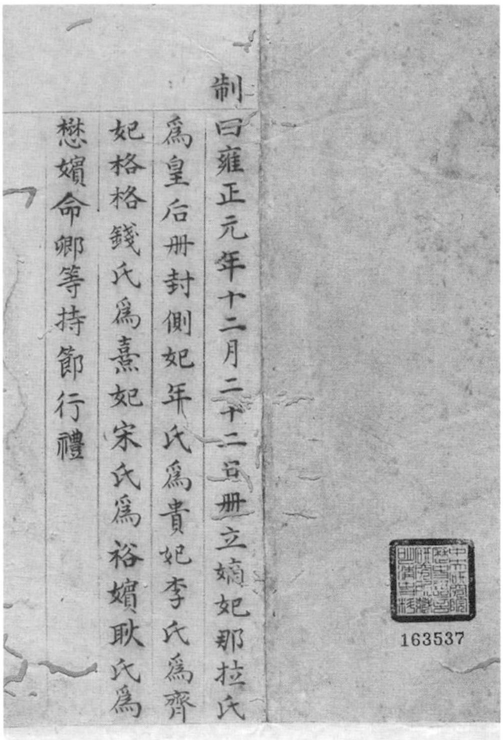

制曰雍正元年十二月二十二日冊立嫡妃那拉氏爲皇后冊封側妃年氏爲貴妃李氏爲齊妃格格錢氏爲熹妃宋氏爲裕嬪耿氏爲懋嬪命卿等持節行禮

163537

中央研究院歷史語言研究所藏品，典藏號 163537 揭露，雍正元年封熹妃係錢氏。

記載「雍正元年二月十四日奉上諭……格格錢氏封為熹妃……」這是未經修改的檔案原稿，可信度遠高於日後可篡改的玉牒或實錄。中研究院史語所藏諭旨也是錢氏封熹妃。

小道消息權威著作《永憲錄》記載「遣使冊立中宮那拉氏為皇后，詔告天下，恩赦有差。封年氏為貴妃，李氏為齊妃，錢氏為熹妃。」相對照下熹妃為錢氏顯非孤證，可信度大大提高。（近代鉛印版《永憲錄》已改錢氏為鈕氏）

再有一說，乾隆生母是熱河行宮李姓低階宮女。最後，也是最不可能一種說法，他是被掉包的海寧陳家陳世倌之子。

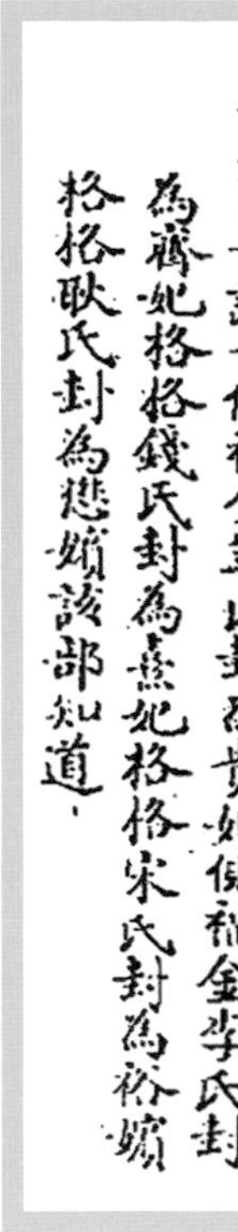

雍正元年二月十四日奉
上諭遵
太后聖母諭旨側福金年氏封為貴妃側福金李氏封
為齊妃格格錢氏封為熹妃格格宋氏封為裕嬪
格格耿氏封為懋嬪該部知道。

上：中國第一歷史檔案館之〈漢文諭旨〉底稿，封錢氏為熹妃，封妃冊文與鈕祜祿不同，不可能為同一人改姓，左：崇慶皇太后，正史載為熹貴妃鈕鈷祿氏晉封。

相信官方文件者，也相信官方的解釋，因允祹記錄諭旨時字跡潦草，爾後鈕字被誤謄為錢字。

雍正二年六月《實錄》證實有誤寫之事「宗人府疏奏，貝子允祹將聖祖仁皇帝配享儀注，及封妃金冊遺漏舛錯。應將允祹革去固山貝子降一等授為鎮國公。」其他文獻記載此一事件大抵相同。

允祹所以被懲罰，對康熙配享儀注犯錯誤嚴重應是主因，《實錄》並沒具體指出封妃金冊的「遺漏舛錯」是那裡出錯，且封妃金冊確有姓氏顛倒錯寫「宋氏封裕嬪、耿氏封懋嬪。」但沒有具體指出有「鈕錢」錯寫之誤。

鈕祜祿為滿族大姓，民國初或有改姓為鈕者，歷史記錄中鮮少有稱之為鈕氏。就因為被懲罰降職允祹的這段話沒有明確指誤，也給「鈕錢誤寫說」預留了無限的空間。

雍正去世不久乾隆就命鄂爾泰與張廷玉纂修《雍正實錄》，到乾隆六年告竣。渠等編寫時引用《起居注》等在內的各種檔案文書，但他們邊寫邊進呈，取得乾隆帝的認可始能定稿，當然是處處揣摩上意不會秉筆直書，極可能這時這條就寫為「格格鈕祜祿氏封為熹妃」，或更早時已更改，無從考據。

現存熹妃冊文「諮爾格格鈕祜祿氏、毓質名門。揚休令問。溫恭懋著……」這段文字竟與當年所擬封熹妃錢氏冊文底稿極其相似，負責撰擬冊文的黃之雋，當時任翰林院編修，主要工作為草擬皇家冊文、碑文、祭文等。其著作《唐堂集》中有〈制草卷〉收錄他的二十篇制草文稿，包括了熹妃的冊文底稿「諮爾錢氏，毓質名門，揚休令問，柔嘉懋著……茲仰承皇太后慈諭，以冊印封爾為熹妃」。

右：雍正與四女眷圖，推測前排右為皇后、左為年貴妃，後排年長為齊妃、年幼為弘晝母耿氏。
上：乾隆為太后祝壽之〈慈寧燕喜圖〉。

這條證據充分說明允祹並未將鈕氏寫得像錢氏，因為擬冊文者不會誤寫，他需收集這位嬪妃身家資料才能下筆，更不可能滿漢不分。

錢鈕兩者若真係一人，冊文文字應該每個字都一式一樣。因而也不可能如某些人揣測，因為乾隆要即位而將他母親錢氏改滿姓鈕祜祿。

即使初封的熹妃確實是錢氏，也不表示錢氏就是乾隆的生母，她爾後在各種包括《實錄》等的文獻中完全被抹去。

若乾隆生母確為錢氏，且雍正年間被抹去資訊，乾隆怎可能即位後不予以一起平反，反而對一位沒有一絲血緣的鈕祜祿氏極盡孝道。

弔詭的是雍正八年五月，原先因「誤寫」被降為鎮國公的允祹，竟然三級跳，越過貝子、貝勒封了履郡王，這時必是發生了什麼重大事件，致犯錯者不但完全平反，還得到無比恩典。

乾隆即位又晉封允祹為親王，允祹諸子在他去世的乾隆廿八年前均已離世，乾隆將他自己第四個兒子永城（音同城）過繼給允裪繼任親王，亦使他香火不斷不致絕嗣，可謂恩深義重，更不像是犯了曾錯寫他母親姓氏的過失者。

同樣的雍正八年五月，傳說了熹妃晉升為熹貴妃、裕嬪晉封為裕妃的恩典，懋嬪因同年去世未獲晉封以嬪位終其一生。怪異的是迄今未見熹貴妃與裕妃舉行冊封典禮的記載，也尚未發現熹貴妃與裕妃之冊文，清代后妃只有在舉行了相應的冊封禮，有冊寶後，才算真的有了身分證據。

乾隆生於熱河的說法連兒子嘉慶都深信不疑，可見此說並非空穴來風，若他真的是在熱河出生，則生母就不可能是當時潛邸的女子。據康熙《實錄》康熙五十年四月廿二日皇帝去熱河時，雍正最初並未同去，是胤礽等九個兒子隨駕，自暢春園啟行，五月初一抵熱河行宮。（允裪這年有一同到熱河，對那裡發生的事必有所知。）

這年七月廿六日的《實錄》記載「皇四子和碩雍親王胤禛赴熱河請安」，暑天舟車顛簸往熱河去「請安」就是件奇怪的事，更全然沒有可能，會帶一個就要臨盆的女子同行（官方紀錄弘曆出生於十六天後的八月十三）。若弘曆真生在熱河則他的生母應是原即服勤於熱河的女子，胤禛於「請安」後兩天「上行圍命胤礽、胤祉、胤禛等隨駕……」一直到一個半月後的九月十五日自熱河啟行，到廿二日才奉皇太后回到北京暢春園。

反對乾隆生於熱河者，提出雍正在前一年的九月已離開熱河，與玉牒記錄乾隆生日時間對不上。

當時規定皇帝家族生兒育女，每三個月可上報掌管皇族事務的宗人府一次，似非即生即報，若弘曆並非官方紀錄生辰出生，而生於更早時刻，雍正精通子平要為兒子編一個相近似的八字，不是沒有可能。

母親在《紅樓夢》中有時也是模糊的，書中母親的身分一樣深深地影響了孩子的待遇。最重要的母親是賈代善妻史太君，書中稱她「賈母」，是否暗示是「假」的母親。

右起《紅樓夢》中幼年喪母的林黛玉。
迎春不知母親是誰及可能是假母的賈母。

人物關係混亂而模糊似是《紅樓夢》的特色，其中母親的角色，更是模糊中的模糊，書中賈母與賈赦的互動冷淡，紅學家朱淡文、高陽、趙剛等有許多分析推測，現實中曹頫是書中賈政、賈寶玉是曹顒遺腹子，第三十三回寶玉被毒打是「真祖孫、假母子」的描述，如賈母所說「只是可憐我一生沒養個好兒子」、「我和你太太寶玉立刻回南京去！」似兩家人。

迎春的母親甲戌本、列藏本都不一樣，賈赦欠孫紹祖銀子把她嫁去抵帳，其生母為誰非常模糊。再看寧國府的惜春，書中也沒提過她是誰生的，亦不知是嫡是庶。

這家人到底怎麼回事？或是說這部小說太奇怪了，嫡出的親生母女不是生離如元春在深宮，就是死別林黛玉母親賈敏早喪，庶出探春沒拿趙姨娘當親娘，其他庶出的也不見在身邊。小說中角色都是創造出來的，這麼多填房、繼室，還大部分兒女又都沒個來歷。

神秘的李貴人

《永憲錄》有關雍正冊封后妃記錄下，作者蕭奭補充「齊妃或云即今之崇慶皇太后，俟考。」，懷疑齊妃可能是崇慶皇太后，可見當時的消息靈通人士認為皇太后不是鈕祜祿氏，因齊妃姓李，而有乾隆生母姓李的傳言。

雍正不但妃嬪少，貴人答應也不多，除齊妃外較高階後宮女子李姓者，僅一位李貴人。她的資訊極少雍正七年四月前的後宮檔案中，她的名字尚未出現。

乾隆元年正月雍正後宮「宮內等處女子孃孃媽媽里食肉底賬」（下稱「宮內底賬」），較雍正七年一至四月「宮內底賬」多了謙嬪（弘瞻生母）、安貴人、李貴人等，多出來的這些女子，應均在雍正七年入宮，這年正是選秀女之年。

這種「宮內底賬」基本上是最正確的後宮戶口簿，因宮中是按人頭及位階來配給肉品，也會記錄遇喜者可多領點肉，顯示了後宮女子生育的狀況。

同一資料還記載有封號的女子每人配屬服侍的官女子有多少人。亦可看出後宮一些端倪，雍正四年齊妃的待遇不如原身分低於他的熹妃及裕妃。

乾隆元年資料「皇太后官女子十二人、貴妃四人、齊妃六人、謙妃六人……李貴人四人……」此處皇太后自當是崇慶皇太后，貴妃若指弘晝母裕妃，乾隆晉她貴妃位在乾隆二年，此時她還不是貴妃，且官女子四人還在齊妃、謙妃之下是不合理的。此帳目攸關後宮每日開銷生計不致錯誤，難道是另有隱形寄名的貴妃，啟人疑竇。

左：TR美術以電腦科技還原崇慶皇太后年輕容貌。
上：左圖使用之原圖。

李貴人再次出現是《清會典》貴人喪儀欄，記載她乾隆廿五年在壽安宮逝世，沒有出生年月、家世等任何資料。有些研究清史者推測，乾隆生母如為熱河李姓女子，最有可能的就是這位神秘的李貴人。

也有不少惡意的推測，如乾隆生母因長得太醜，或是個「傻大姐」而被雍正留在熱河。從現在科技復原崇慶皇太后年輕圖像，分明是個美女。弘曆母子當時被留在熱河，可能是生母的身分太低了，家中嫡福晉無法容忍。

乾隆為灤陽行宮賦詩一百餘首，獅子園更是數百首之多。個人推測弘曆極可能是如兒子遺詔所述生於灤陽行宮，成長於獅子園。

康熙五十年五月初一，一行人到熱河後就聽到傳聞有行宮女子「不明產子」之事（也許胤禛七月是為此才來熱河請安），這在皇家也不是什麼大不了的事（當然這種庶子較一般庶子更低人一等）。絕無坊間所謂康熙震怒情節，康熙還賜了雍正避暑山莊西北的獅子園，極可能母子就默默地在那裡生活。

獅子園目前已片瓦不存，乾隆中葉的輿圖可看出規模。更特別是乾隆母子二人每年八月初都會長途跋涉前往遙遠的獅子園，到他自己六十歲、太后近八十歲還未間斷。

乾隆生母為熱河李姓女子的信眾之一，小說家高陽《乾隆韻事》詳細剖析猜測，大抵以乾隆並不知生母為誰，即位後方知母親仍在熱河，迎回後等到名義上母親鈕祜祿氏去世時身分互換，高陽認為乾隆對待皇太后確實像是親生母子。

這種調包計也在《紅樓夢》中出現。第九十六回寶玉因失玉而目光無神瘋傻，家中聽信了算命金玉之說計畫迎娶寶釵沖喜。如兩回回目〈林黛玉焚稿斷痴情、薛寶釵出閨成大禮〉及〈苦絳珠魂歸離恨天、病神瑛淚灑相思地〉。

《延禧攻略》劇中以錢氏為乾隆生母，然錢氏死在雍正即位前，這明顯與《漢文諭旨》不符。況雍正元年弘曆已經十三歲了，豈可能不知自己母親是誰。另一電視劇《如懿傳》則以弘曆生母為熱河行宮的低階宮女李金桂，劇中她也在乾隆即位前去世，同一作者改編的另一電視劇《甄嬛傳》，也採用李金桂為弘曆生母之說。

綜上資料大致可推測，事實究竟是什麼，應該早早就被掩滅了。

右上：乾隆中葉的獅子園繪圖，
右下：圖中標明獅子園三字之局部。
左：攝影家薛桐軒攝於民國初年
極珍貴的獅子園二景照片。
上為草堂、下為待月亭對照圖中待月亭。

冷漠的嫡母

雍正五年時，宮中有三位生於康熙五十年的皇子：康熙皇二十一子允禧、雍正皇四子弘曆與皇五子弘晝。都到了適婚年齡，這三人竟然都安排在七月十八日同一天迎娶嫡福晉，不知為何選在鬼月，還三人一起送作堆，如大戶人家娶嫁小廝及婢女一般簡陋。

婚禮前，據《雍正朝漢文諭旨彙編》所示具奏：「雍正五年七月十五日，臣衙門等部將廿一阿哥、四阿哥、五阿哥娶福金之次日，於皇帝、皇后前行禮之處具奏。」

此諭旨說明官員們安排在婚禮次日，讓三對新人入宮請安，雍正旨意是可以「與朕行禮」，因皇后不在宮內，要等皇后進宮再行禮，還特別加了要再「請旨」，及「諸妃嬪」五個字。

日子是早早已選定的，皇后那拉氏當然是故意出宮，根本不想見他們，據悉她是覺得沒有爵位的皇子是不配拜見她的，況所娶的福晉家世也普通，加上這幾個阿哥的生母都身分低微。

允禧的母親是沒有封號的漢族女子陳氏、弘晝母親是包衣出生的裕嬪耿氏，弘曆的母親是誰，皇后應是宮中除了雍正本人外最清楚的，若是尊貴的鈕祜祿氏熹妃，皇后絕不會不正眼看他的，怕是比耿氏更卑微的不知道是誰。

皇帝加上見皇后要「再請旨」大概是表示不見皇后也罷，不必再碰釘子了。加「諸妃嬪」是讓三個皇子的母親，在這個大喜日也能被拜見，算是還有點兄弟、父子情分。

清代皇子們選嫡福晉對象可分五等，自是依皇子本身尊卑來擇配。第一等是各旗勳舊世家（允礽、允祉、允禟、允䄉、允禮）、第二等是世代高官厚爵家（允祐、允禩、允禎等）、第三等世家支庶（雍正嫡福晉）、第四等是重臣之女（允禔、允祥、允祕等）。最差的就是一般官吏之女，也就是本次迎親三位皇子的嫡福晉。

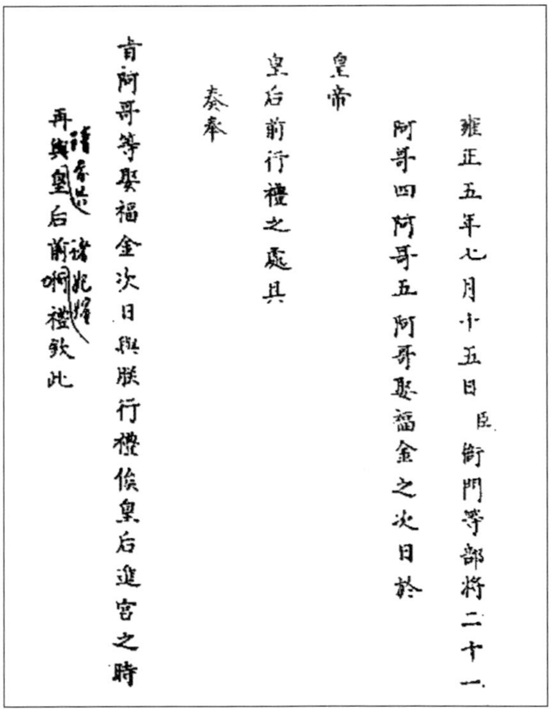
雍正五年七月十五日 臣衙門等部將二十一
阿哥四阿哥五阿哥娶福金之次日於
皇帝
皇后前行禮之處具
奏奉
旨阿哥等娶福金次日與朕行禮俟皇后進宮之時
再請旨與皇后前諸妃嬪行禮欽此

右：弘曆嫡母孝敬憲皇后那拉氏。
上：雍正朝漢文諭旨
弘曆等三人一起成婚，皇后在大婚前故意出宮第二日可不受他三人拜見。

右：允禧所繪〈甲寅元日圖〉，甲寅為雍正十二年，上有寶親王詩、梁詩正題字，叔姪似相處極佳。
上：允禧晚年畫像，有丁丑題字及慎郡王書畫章。

允禧所娶的祖佳氏，父為正四品佐領祖建吉，屬祖大壽（明末之降臣）家族；弘晝娶吳扎庫氏，父為副都統正二品；弘曆所娶的嫡福晉富察氏，雖可列到重臣馬齊家的支庶，但她父親李榮保雍正元年前後已去世，當家的三哥職位只是三等侍衛，族中雖有官位顯赫的伯父馬齊，但他在康熙廢太子與推舉皇八

上：二人為弘曆所娶嫡福晉，富察氏父母李榮保夫婦。
左：富察氏於乾隆即位後封后，去世後諡號為孝賢純皇后。

子事件後失勢。馬齊的女兒是嫁給被認為誤寫鈕氏為錢氏的允禑。

《紅樓夢》中辦喜事的規模級別也是涇渭分明，第五十五回平兒說到家中上有幾件大事的花費，鳳姐回答「寶玉和林妹妹，他兩個一娶一嫁，可以使不著官中的錢，老太太自有梯己拿出來。二姑娘是大老爺那邊的也不算。剩了三、四個滿破著每人花上一萬銀子。環哥娶親有限，花上三千兩銀子……」賈環的待遇似真的與弘曆等三位出身不夠高貴的皇子雷同。

這位冷漠的皇后烏拉那拉氏，名分上是弘曆的嫡母，出生雖非頂級名門，但母家是努爾哈赤長子褚英之後，相較之下也算身分尊貴。十二歲時經康熙賜婚，嫁給大她三歲的皇四子胤禛為嫡福晉，康熙卅六年時，她誕育此生唯一的孩子弘暉不幸早殤僅享年八歲。康熙四十三年二月側福晉李氏生弘時，爾後丈夫身邊的女子繼續生子，對她是莫大的威脅與傷痛，當時那拉氏才廿三歲，真是情何以堪。

自此到康熙五十年之前，府中除李氏生了三子，兩歲殤的弘昐、活了十歲的弘昀與長大成人的弘時，並無其他皇子誕生。

康熙四十八年胤禛獲封親王，李氏應不久請側晉升。康熙五十年弘曆與弘晝相繼由兩位較低身分的格格生誕。但這兩位格格從生下兒子到雍正即位前，約十一年時間，名位一直是低階的「格格」。

雍正七年是值得分析的一年，前一年雍正最寵愛的福惠去世，也是弘曆命運的分水嶺。當時雍正自己僅五十歲，這年歲次己酉是選秀女的年份，皇帝僅只弘曆與弘晝兩位母親身分不夠高貴的皇子，且這兩人素不為皇后喜愛，因而在選秀之年，皇后應該盼望充實後宮女子能為皇帝增添子嗣，待雍正到如康熙所活六十九歲時，皇子也都到了符合滿人認為成年的十五歲左右。

雍正七年五月初六，皇帝連續發布三道上諭，皆論帝后之間的「尊卑」關係。因眾臣奏請，五月皇后生日時要在欽安殿為皇后建祝壽道場，被皇帝駁回。理由為康熙係為皇太后在欽安殿建祝壽道場，皇后在其他地方祝壽皇帝沒意見，但到紫禁城御花園內欽安殿舉行「殊非典制於體統有礙」。

第二道上諭詢問皇后接受賜賞物品時如何謝恩，如何接受？太監回奏「皇后跪接謝恩」，又問太妃們如何接受？太監回奏「俱在佛前焚香接受」，奉旨「諸太妃原不必向朕稱謝」。此時雍正既非剛登基，也不是第一次賞賜物件，為何突然要「立規矩」真是奇怪。

右：〈裘裝對鏡圖〉美女可能是皇后，
左上：明《賜號太和先生相贊》
欽安殿祈求聖嗣圖，
下：皇后生日想在欽安殿建道場，
是否是為皇帝求子嗣。

第三道上諭論及皇后宴席規格不可與皇帝相同，「昨日竹子院設座朕宴上所有之物中宮宴上俱有，似此皆禮制所關，當有分別方於禮相合。爾等傳與茶膳房人等，凡外來進鮮之物原為朕進。朕理天下事，日夜焦勞，時思節用，不肯過分。中宮所用，如何與朕相同？不但體統不合，亦非撙節愛惜之道。若無關典禮，中宮有需用之物，遣人向茶膳房尋取則可。」簡單來說，是雍正看到前一天宴席上他的菜色，竟然皇后席前一模一樣而大怒，命人告訴茶膳房如此不合體統，也不撙節愛物。

宮中茶膳房與曹家關係密切，康熙五十年曹荃之子桑額、曹寅之子連生到內務府當差，桑額錄取在寧壽宮茶房。曹家相關檔案奏摺中有內務府議奏：「康熙五十八年六月二十三日，副總管太監劉進忠、魏國柱來稱：我等具漢文摺奏，因皇上吃的奶子茶與主子、阿哥們吃的奶子茶不同，已將太監議處，而茶

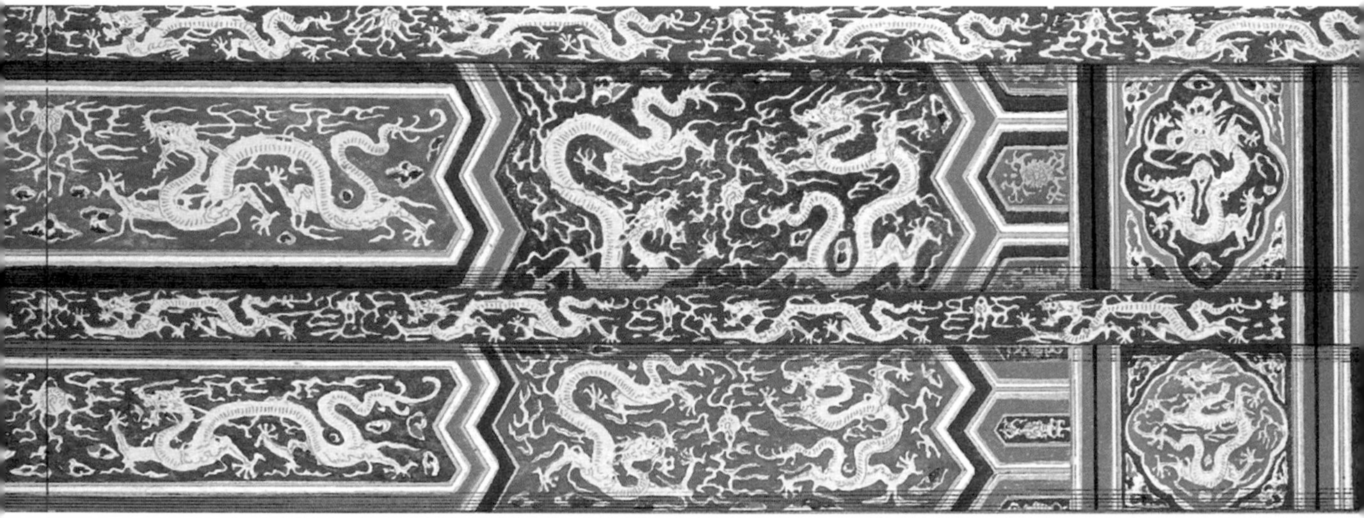

房總領等，既均系有職之人，并未議處，請交內務府總管議處具奏等語。奉旨：著交付。欽此欽遵。

經訊茶房總領法通、佛倫、曹頎：汝等將主子、阿哥所吃之奶子茶，理應與皇上吃的一樣，爲何做成兩樣？答稱：將主子、阿哥之茶，未與皇上吃的一樣，我等尚有何言回答。……因此，請將法通、佛倫、曹頎各降三級，俱罰俸一年。爲此，謹奏請旨。」

這個上諭明明白白地顯示康熙年間，康熙所喝的茶與妃嬪及皇子們是一樣的，做成兩樣還受到「降三級、罰俸一年」的重懲。而雍正是要求竟是皇后所有膳食（應該包括茶）或外處進貢來的時鮮，都不能與雍正享用同一品級。

雍正七年連續發布這三道低貶皇后的上諭，帝后的關係應極差，皇后必如坐針氈，許多資料顯示皇后仍時出宮單獨居住在圓明園。

導致雍正態度改變的原因除前一年福惠去世，讓雍正開始珍惜兩個

被皇后鄙視但活著的親生兒子，更可能是這時弘曆為他所添的皇長孫永璜滿一歲、嫡福晉富察氏也生了皇孫女，應該都令雍正十分開心。

次年雍正八年六月廿六日，更大的喜訊傳出，富察氏生了嫡孫，由雍正親自命名永璉，多少寓意著將來要繼承皇位。不久雍正下了一道極其奇怪又非常冗長的諭旨。

雍正八年的八月十四日「諭九卿等。嘗見繼母於前母之子。其相待之刻，有在尋常情理之外者。夫子之於繼母。其奉養承順服制禮節、一切與本生之母無異。此倫常之道也。則為繼母者、亦當視如親生。顧複撫養。方為交盡其道……」後面還有一大段文字，重點為：

繼母應視前母之子如親生，若悍惡、刻待、嫉妒、憎惡、凌虐、存分別心、或繼子死亡絕了其夫家宗祀。當酌量立法。雍正認為繼母凌逼謀害前母之子至死者，要以她親生之子抵償。如無子就休掉她，不得承受夫家產業。繼母將前母子任意凌虐毆殺

者，將繼母所生偏愛之子議令抵償。或絞監候或杖一百流放三千里。若未生子者，勒令歸其母家。不得承受其夫之產業。

這篇奇怪諭旨其頒布的時間，正是弘曆官方生日的第二天，是否雍正注意到皇后對弘曆的不公待遇，特別夾槍帶棍地痛罵那些刻待非親生子者，就不得而知。

烏拉那拉氏在雍正九年九月廿九日病故，時年五十歲。自康熙四十六年多羅貝勒胤禛獲賜圓明園，貝勒與嫡福晉即時時霈恭請皇帝幸圓明園遊園侍宴。雍正於皇后去世後諭「皇后一生於暢春園替朕侍奉仁憲皇太后、聖祖仁皇帝、仁壽皇太后，孝順恭敬四十餘年始終一致居身節儉，深蒙三位長輩的慈愛。」仁憲皇太后是順治孝惠章皇后，仁壽皇太后是雍正的親娘德妃，這兩位分別在康熙五十七年及雍正元年去世，被誇四十餘年「克盡孝忱深蒙慈愛。」背後艱辛實非常人所能。

上：乾清宮彩畫。

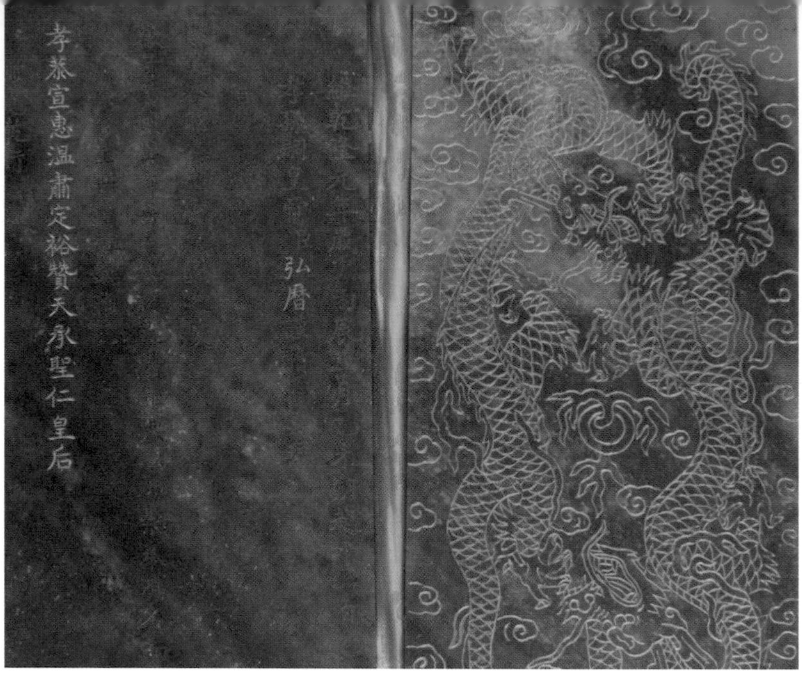

那拉皇后對弘曆、弘晝不但不喜歡，應該說是幾近厭惡。她生前交代喪禮不要弘曆、弘晝來參加。當時雍正存活的皇子只有這兩人，名義上，這兩人是她在世上唯二的兒子，是喪儀上最重要的孝子，卻完全不得參加，真是怪哉。

最後告祭奉移大行皇后梓宮是淳郡王弘暻（康熙皇七子之嫡子）、初祭是理親王弘晳，這位康熙最重視的嫡皇孫，還在十二月與顯親王衍潢（九鐵帽子王之一豪格曾孫）賫冊寶，以冊諡「孝敬皇后」頒詔天下。冊寶約由十片玉板組成，首末頁鐫填金雲龍紋，其餘頁刻漢滿文。冊文填青，遇名諱、廟號、諡號則填金。

大祭大行皇后是裕親王廣祿（順治兄福全孫），總之能參與者不是親王也是郡王，都出身高貴。這次遵她遺願不讓弘曆插手。

雍正去世時弘曆為父親大行皇帝上諡號同時，為追崇嫡母孝敬憲皇后還要恭上尊諡，爾後包括嘉慶、

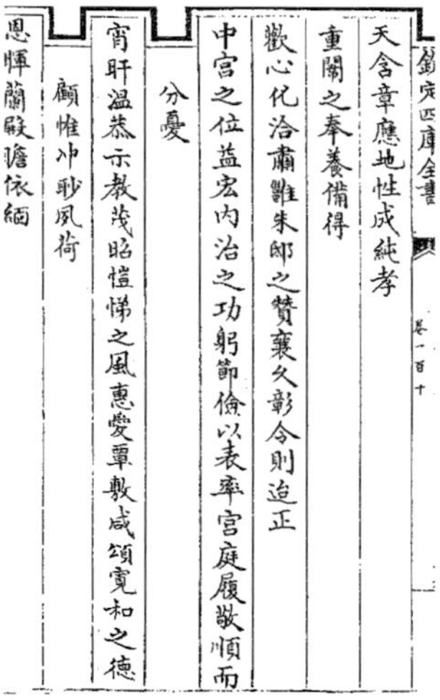
欽定四庫全書　卷一百十

天含章應地性成純孝
重闈之奉養備得
歡心化洽肅雝朱邸之贊襄久彰令則迨正
中宮之位益宏內治之功躬節儉以表率宮庭履敬順而
分憂
宵旰溫恭示教茂昭愷悌之風惠愛覃敷咸頌寬和之德
顧惟沖眇夙荷
恩暉蘭殿瞻依緬

道光這些弘曆的子孫，仍繼續為她加諡號，不知她的感受如何。

弘曆與弘晝遲遲不得封爵，多一半應該也是皇后的主張，雍正雖對外說應當過二十歲封冊才適當，但雍正三年他就想賜當時十二歲的弘皎郡王，五年後弘曉襲怡親王時是九歲，同時十七歲弘皎封寧郡王。

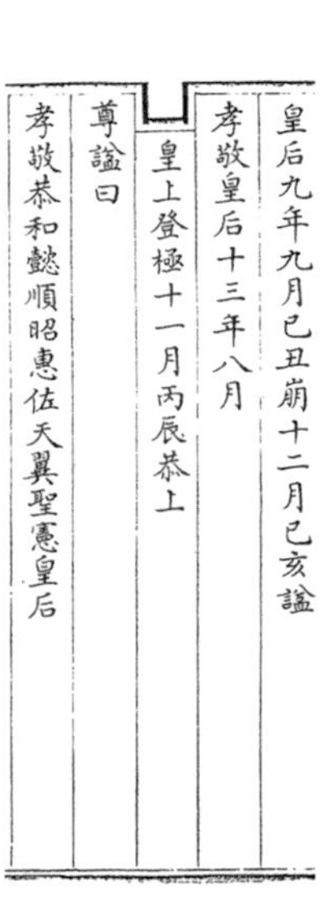
皇后九年九月己丑崩十二月己亥諡
孝敬皇后十三年八月
皇上登極十一月丙辰恭上
尊諡曰
孝敬恭和懿順昭惠佐天翼聖憲皇后

皇后的死去，使弘曆的命運在福惠去世越過分水嶺後，看到可以爬往更高的階梯，雍正十一年二月弘曆終於獲封寶親王。回顧歷史，若是雍正先皇后一步去世，皇位肯定是輪不到弘曆的，這就是命運。

清代帝后玉冊原均奉存太廟，經八國聯軍掠奪後四散。
上：大都會博物館收藏弘曆登基時，為祖母上諡號的玉冊。
中：皇后去世時之冊諡文。
下：弘曆即位依例為嫡母上尊諡之冊文。

弟弟的棉紙書

康熙四十年起由陳夢雷負責編纂的《古今圖書集成》，幾經政爭更迭，於雍正即位後因陳夢雷原係皇三子胤祉門下，七十四歲的他和兩個兒子被發配黑龍江，皇帝並下令抹去他編書之名，改由蔣廷錫重新排校，計一萬卷於雍正四年校成。

雍正六年六月廿日內廷以銅活字排印成了六十四部，其中棉紙書十九部、竹紙書四十五部。當然棉紙比竹紙高檔。諭旨「一部供奉壽皇殿，其九部交乾清宮總管於應陳設之處陳設其餘九部賞怡親王、莊親王、果親王、康親王、福惠阿哥、張廷玉、蔣廷錫、鄂爾泰、岳鍾琪每人一部。」得到竹紙本的依序為「誠親王、恆親王、咸福宮阿哥、元壽阿哥、天申阿哥、勵廷儀、史貽直、田文鏡、孔毓珣、高其倬、李衛、王國棟、楊文乾、朱綱、稽曾筠每人一部其餘三十部收貯。」

這次的賞賜名冊自是雍正最寵信的怡親王允祥領銜，之後親王、文臣、武將依序排列，能得賞賜者都是雍正心腹，夾在其中有四位阿哥排第五的福惠阿哥得到棉紙書及得到竹紙書的咸福宮阿哥排第十二、元壽阿哥十三、天申阿哥十四。

當時四位的年齡福惠八歲、咸福宮阿哥十二歲、元壽與天申都是十八歲，輩分咸福宮阿哥長一輩，大

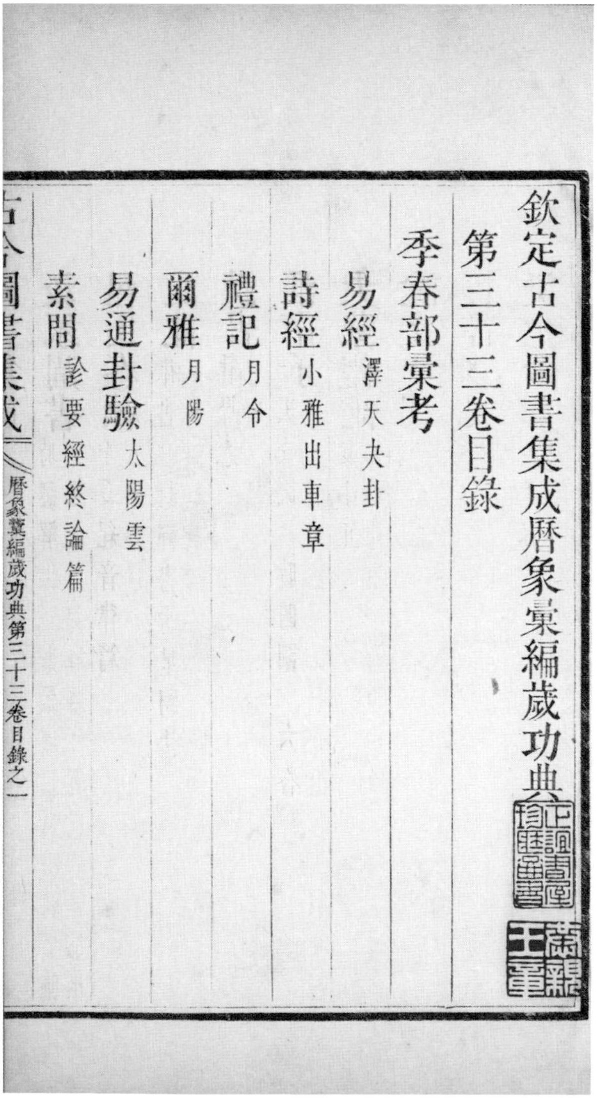
欽定古今圖書集成曆象彙編歲功典
第三十三卷目錄
季春部彙考
易經 澤天夬卦
詩經 小雅出車章
禮記 月令
爾雅 月陽
易通卦驗 太陽雲
素問 診要經終論篇
古今圖書集成 曆象彙編歲功典第三十三卷目錄之一

抵這個排序就是雍正心中的地位。其他沒分到書的，還有許多雍正的兄弟叔姪，包括最早籌畫的胤祉。

右：《古今圖書集成》原版，鈐印—「正誼書屋珍藏圖書」、「恭親王章」。
左：圓明園牡丹花開之〈雍正帝觀花行樂圖軸〉，秋香色服小兒應是福惠，是他少數留存的畫像。

福惠阿哥生於康熙六十年十月初九，母為敦肅皇貴妃年氏，為賀出生於康熙在位六十年之時，小名六十阿哥。元壽是弘曆的小名，離福惠這麼遠，又不在同一級別，會是雍正元年已秘立的儲君嗎？

福惠曾名弘晟，這原是胤祉康熙卅七年出生第三子之名，大概筆劃好被雍正直接用了，年氏所生三子中福宜（未滿一歲殤）及福沛（出生即亡）均因早逝未來得及按弘字排行命名。雍正三年玉牒記載八阿哥的名字是用福惠，雍正四年十一月七日又諭：「八阿哥弘晟之名著改為富慧」，馮爾康《雍正傳》指出，雍正在福惠命名問題上反復作文章，反映了對這個孩子的重視。（本節文字概依派送的諭旨，稱之為福惠阿哥）。

北京故宮博物院藏有〈雍正帝觀花行樂圖軸〉描繪雍正在圓明園觀花情景，紅、白、紫牡丹怒放，皇帝身邊端坐一身穿秋香色服裝的小兒，有人以該色僅皇太子可用，畫

中人物是弘曆。畫中小兒身型體態約六、七歲，弘曆年齡不符。

雍正元年五月太后烏雅氏突然去世，雍正堅持「素服齋居」守母親孝三十三個月，除服當在雍正四年初，係北京牡丹花開的季節，另張廷玉記「雍正丙午暮春，上駐蹕圓明園，召近臣十餘人入御苑看牡丹并賜法饌，是時千枝競放、高下錯列，若擒錦布繡，生平所未睹。」丙午為雍正四年弘曆十六歲，畫中人太年幼，況他無一詩一句提此盛事，圖中應是雍正最喜愛的福惠。

雍正剛即位時對幾個阿哥的待遇已有些許區別，元年正月時，弘時似乎還得到相當貴重的賞賜，弘曆和弘晝的賞賜，看來弘晝的還好一些，這時福惠僅一歲多而已，也得到不少比兩個哥哥更珍貴的文房四寶。造辦處《活計檔》記載雍正元年正月十九日：「賜三阿哥：紫檀木雕刻筆筒一個內筆四枝、**宜興琺瑯**盒綠石硯一方、玻璃水盛一件、瑪瑙石筆架一件、黑紅墨錠。四阿

右頁：圖中小兒是否福惠還有爭論，站立的兩少年可能是弘曆與弘晝。
左頁：上為畫琺瑯盒、
左上為松花石硯台及硯盒、
左下為宜興琺瑯。
品級差異表現出雍正的偏心。

哥：葫蘆筆筒一個內筆四枝、錦盒綠石硯一方、玻璃水盛一件、瑪瑙石筆架一件、黑紅墨錠。五阿哥：葫蘆筆筒一個內筆四枝、宜興琺瑯盒綠石硯一方、玻璃水盛一件、瑪瑙石筆架一件、黑紅墨錠。六十阿哥：紫檀木筆筒一個內筆四枝、彩漆盒綠石硯一方、玻璃水盛一件、瑪瑙石筆架一件、黑紅墨錠。」

有些東西一樣，不同之物中筆筒自以弘時的最珍貴，福惠也是紫檀筆筒但沒有雕刻略遜，弘曆、弘晝兩兄弟只得葫蘆筆筒（稱匏器係康熙宮廷特製工藝）。四人獲賞的硯台都一樣是綠石硯，但硯盒弘時、弘晝得到當時十分名貴的宜興琺瑯盒（係在紫砂器外燒製琺瑯）、福惠是彩漆盒價值應有可能更高，弘曆是最一般的錦盒。正月十九日如此偏心的賞賜後，雍正會在同年八月秘密建儲，立弘曆為皇太子嗎？

賞賜當然會分三、六、九等，或是地位，或是在皇帝心中的分量。《紅樓夢》中元妃第一次賞賜，出現在第十七、八回〈大觀園試才題對額，榮國府歸省慶元宵〉，賈母的是金、玉如意各一柄、沉香拐拄一根、伽楠念珠一串，富貴長春宮緞四匹、福壽綿長宮綢四匹、紫金筆錠如意錁十錠以及吉慶有魚銀錁十錠。邢夫人與王夫人二份，減了如意、拐、珠四樣。賈敬、賈赦、賈政等每分御製新書二部、寶墨二匣、金、銀爵各二只……寶釵、黛玉諸姊妹等，每人新書一部、寶硯一方、新樣格式金銀錁二對。寶玉亦同此。賈蘭則是金銀項圈二個、金銀錁二對。尤氏、李紈、鳳姐等皆金銀錁四錠表禮四端。

元妃第二次賞賜在《紅樓夢》第廿二回〈制燈迷賈政悲讖語〉，元宵燈謎猜對的都有賞賜「太監又將頒賜之物送與猜著之人，每人一個宮製詩筒，一柄茶筅。」茶筅初見於北宋，由一截竹筒經精細切割形成如展開花束，用在點茶過程中攪拌茶湯，日本茶道現仍使用。

《紅樓夢》第廿八回〈薛寶釵羞籠紅麝串〉描述元妃端午節前夕賞賜，這次寶玉跟寶釵兩人的賞賜一模一樣，意義重大。書中描述：

「襲人……說著命小丫頭子來，將昨日的所賜之物取了出來，上等宮扇兩柄、紅麝香珠二串、鳳尾羅二端、芙蓉簟一領。寶玉見了喜不自勝，問道『別人的也都是這個？』襲人道『老太太多一個香如意、一個瑪瑙枕。太太、老爺、姨太太的只多著一個如意。你的同寶姑娘的一樣。林姑娘同二姑娘、三姑娘、四姑娘只單有扇子同數珠兒，別的都沒了』……寶玉聽了笑道『這是怎麼個原故？怎麼林姑娘的倒不同我的一樣，倒是寶姐姐的同我一樣？別是傳錯了罷？』

襲人道『昨兒拿出來，都是一份一份的寫著簽子，怎麼就錯了！你的是在老太太屋裏來著，我去拿了來了。老太太說，明兒叫你一個五更天進去謝恩呢。』」寶玉將他所得送林黛玉。

右：台北故宮藏水晶筆架。
中：台北故宮藏朱墨。
左：台北故宮藏雍正年玻璃水洗。
下：台北故宮藏紫玻璃水盛。
均與雍正元年賞賜類同。

雍正元年弘曆獲賞時與賈寶玉年歲相近，同樣是十三歲上下，一樣也會好奇其他兄弟得到什麼樣的賞賜，誰跟誰的一樣，誰又比誰得到較好的恩典。賈寶玉發現他的東西在同輩中最好，只在意為何是寶釵跟他一樣，林妹妹有沒有受到委屈等。弘曆卻是發現他的賞賜是最差的，幼小心靈中必是受到創傷。

雍正尚未與年羹堯翻臉前，曾告知「貴妃甚好，福慧上好，特諭爾喜。」當在雍正三年十一月年貴妃去世前。不久福惠越來越受寵，種種賞賜標準都跟最最恩寵的怡親王看齊，賞賜單子上的排名也是僅在怡親王之後超過莊親王，顯示皇帝對其寵愛的程度，這種有違輩分的排序在雍正朝是特例中的特例。到雍正六年《古今圖書集成》事件，福惠不要說排名是眾阿哥之首，還得到高貴品級與竹紙書不是一個檔次的棉紙書。

朝鮮使臣一向注意清廷動靜，蒐集信息回報有關中國的資料在《承政院日記》及《朝鮮王朝實錄》中仍可看到。這些未經篡改或抹去的珍貴資訊，雖不全然正確但極有參考價值，他們當時認為雍正心目中繼位人選，屢次傳聞欲立福惠，外籍傳教士也說「皇上寵愛小皇子，去那裡都要帶著他。」雍正即位後從不出門，福惠是讓怡親王帶著去木蘭秋獮。

雍正五年福惠生病，雍正到處為他延醫，傳說向朝鮮要人參而免去相關貢奉，然而雍正六年的重陽節福惠還是死了，如同順治對待端敬皇后生的皇四子榮親王，雍正以極其盛大的親王禮殯葬，但未追封親王位，也未上諡號。

福惠曾是雍正心目中繼承大位的皇子，此時僅存的皇子就只有弘曆與弘晝了，也並不表示他們大位在望。雍正四年皇帝給鄂爾泰朱批中寫道「朕之關心（你），勝朕頑劣之子（可能指弘時）……」雍正八年也是在鄂爾泰之奏摺，朱批「皇子皆中庸之資，朕弟侄輩亦乏卓越之才……」雍正並不欣賞他的兒子弘曆或弘晝，認為子侄也乏卓越之才，心中大位歸屬似無定論，怎可能在雍正元年秘密建儲。

但福惠的去世，是弘曆命運改變的第一道曙光，要等到雍正九年九月廿九日皇后去世，機會開始漸漸更往弘曆靠近。

乾隆即位後諭「朕兄大阿哥乃皇妣所生。朕弟八阿哥。素為皇考所鍾愛，當日以親王殯葬，今朕眷念手足之誼，俱著追封親王。一切應行典禮，著交宗人府會同禮部。查例具奏。」

五弟有葫蘆筆筒用十年矣屬予題句

物貴朴質不貴奇用貴長久不貴暫譬如君子小人交或如醴甘或水淡何處西風蒲柳姿忽成雅製佐鉛槧日與湘東三品俱位置安排毋乃僭吾弟用之已十年資益吟哦恒不厭磨礲本自無圭角日事摩挲光泛瀲腰胸肩頂相稱停映射溪藤雲藻掞架筆何須紅珊瑚只此天成質無欠伊予鴈序愧先行十有四年共筆研枯韻同拈工拙殊心中歡喜兼艷美不辭復作筆筒詩已費苦吟一日半

欽定四庫全書　御製樂善堂全集定本

右頁：康熙年特殊葫蘆工藝稱匏器，台北故宮藏葫蘆番蓮紋瓶。
右上：台北故宮藏壺盧文字筆筒。
右下：大都會博物館藏嘉慶年葫蘆筆筒。
上：乾隆《樂善堂集》收錄五弟有葫蘆筆筒用十年矣屬予題句應是弘晝獲賜的葫蘆筆筒。

舅舅隆科多　舅舅五格

依次為康熙生母孝康章皇后，她是隆科多的姑母、康熙孝懿仁皇后隆科多姊，及網路流傳的隆科多圖像。

康熙六十一年十一月廿日雍正帝正式登基，廿五日諭內閣「隆科多應稱呼舅舅。嗣後啟奏處書寫『舅舅隆科多』」這是歷史上空前絕後的怪異皇諭。

隆科多是佟國維第三子，康熙生母孝康章皇后是他的姑母，姊姊是康熙第三任孝懿仁皇后，孝懿仁自第二任皇后去世一直以皇貴妃代行皇后之職，康熙廿八年七月初九她病危前被冊立為皇后，翌日崩逝於承乾宮，此後康熙不再立后。

孝懿仁皇后曾生康熙皇八女，幼殤。皇后冊文有「慈著螽斯、鞠子洽均平之德。」句，證明她曾扶養康熙多位兒子。胤禛生於康熙十七年，即位後循例為皇考上尊謚，同諭旨稱孝懿仁皇后「徽音淑德。慈撫朕躬。恩勤備至。」表示他是曾被皇后扶養的眾皇子之一。這個奇奇怪怪，稱皇后弟隆科多為舅所下的諭旨，實為彰顯自己曾為皇后扶養的尊貴，雖孝懿仁已去世三十三年，親娘德妃烏雅氏卻仍健在。

母子關係並不和諧，據《實錄》載「禮部奏皇上登極，先詣皇太后前行禮畢然後御殿。」但烏雅氏卻不接受賀慶，回答「皇帝誕膺大位理應受賀，至與我行禮有何關係。況先帝喪服中，受皇帝行禮我心實為不安，著免行禮。」皇帝及王公大臣等再三懇請，烏雅氏仍不允接受。甚而傳出宜妃的轎輦還故意越她而過，完全看輕皇太后。

十二月初四禮部恭上徽號「仁壽皇太后」，烏雅氏以「當龍馭升遐本欲相從冥漠，皇帝再三諫阻……此時梓宮大事正在舉行。淒切哀衷何暇他及……」堅執不要皇太后徽號，甚而表達有想隨先帝而去的心思。

雍正元年五月廿三日她病逝，為有清一代僅有無太后徽號只有諡號的孝恭仁皇后。她的突然去世，宜妃太監傳出流言，皇太后原期盼同為她生的胤禎即位，因不得相見撞柱而亡。此說雖係傳言，但皇太后前所未有不願接受封號，是史書所記的事實，顯示雍正即位似有疑問。

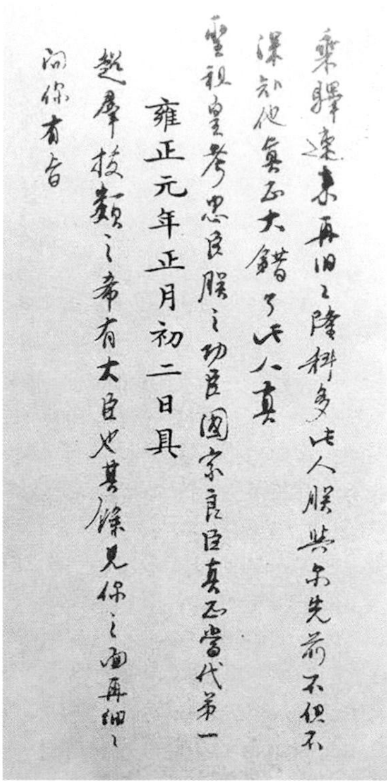
乘驛速來舅舅隆科多此人朕與爾先前不但不
深知他真正大錯了此人真
聖祖皇考忠良朕之功臣國家良臣真正當代第一
雍正元年正月初二日具
超羣拔類之希有大臣也其餘見你之面再細細
問你看旨

上：雍正稱讚隆科多原批。
左：依次為雍正皇帝、雍正生母康熙孝恭仁皇后，及同母胞弟康熙皇十四子胤禵的晚年畫像。

胤禵從奉旨到京到太后死亡半年間似被孤立。所有的晉封都沒有份不說，康熙梓宮奉安景陵後，被諭飭留在遵化為康熙守靈不必回京，雍正《實錄》記載元年四月有「貝子允禵著留陵寢附近湯泉居住」此諭形同將胤禵軟禁。

皇太后去世同日雍正說「朕惟欲慰我皇妣皇太后之心，著晉封允禵為郡王，伊從此若知改悔，朕自疊沛恩澤，若怙終不悛則國法具在。朕不得不治其罪。」原來封郡王是為安慰母親，母親去世後同胞兄弟正式翻臉，封他郡王只是口惠。

烏雅氏不滿意雍正的作為，當然還包括了尊隆科多為舅。佟氏家族長久以來，因與康熙特殊親上加親的關係，享有無上的特權。隆科多除了賜號「舅舅」，雍正元年正月初二在年羹堯的奏摺上，批示「舅舅隆科多，朕與爾先前不但不深知他，此人真聖祖皇帝忠臣，朕之功臣，國家良臣，真正當代第一超群拔類之稀有大臣也。」

這個片段，像極了《紅樓夢》五十五回〈辱親女愚妾爭閒氣〉中，探春親生母親趙姨娘，因嫌兄弟趙國基去世的奠儀太少，而與當時代理王熙鳳當家的探春爭吵。探春卻說「誰是我舅舅，我舅舅年下纔陞了九省檢點，那裡又跑出一個舅舅來……」此處所述探春忽視自己的親舅，尊嫡稱王夫人兄王子騰為舅，雖是舊家族中規矩，並不特別奇怪。只是為何王子騰所升任的官竟然是「九省檢點」，與隆科多時任「九門提督」的巧合，使此段文字顯得不平常。

康熙死後隆科多承襲佟國維的一等公爵、嗣後啟奏處書寫舅舅隆科多，種種的殊榮與重要職務接續而來，任總理事務大臣及持節齎冊寶冊立嫡妃那拉氏為皇后等等。

好景不常，在雍正三年五月隆科多與年羹堯「二人交結專擅，諸事欺隱。」一起被整肅，年底賜死年羹堯，僅過一個月隆科多被削職。

讓人看不懂的是，與雍正爭王位的

允禩、允禟、允禵，及替他奪取王位的年羹堯、隆科多為何都一樣逃不掉悲慘的命運。

雍正五年閏三月「宗人府議奏。輔國公阿布蘭擅將玉牒底本私交隆科多……」六月初八議政王大臣等回奏「隆科多私抄玉牒存貯家中，及降旨詢問又不據實具奏。」原先因為他正在與俄羅斯交涉而緩辦，但憤怒的雍正換人交涉俄國事宜，將隆科多立刻革爵查辦，原因竟只是他私下抄了一份玉牒。

十月初五，順承郡王錫保等遵旨審奏隆科多罪案，計有「大不敬之罪五、欺罔之罪四、紊亂朝政之罪三、奸黨之罪六、不法之罪七、貪婪之罪十六。」共四十一大罪。領銜的第一條大不敬之罪，即為查隆科多私抄玉牒收藏在家。紊亂朝政之罪包括「妄奏調取年羹堯來京必生事端」，奸黨之罪有「交結阿靈阿、揆敘邀結人心。保奏大逆之查嗣庭」，不法之罪有「任吏部尚書時所辦銓選官員皆自稱佟選、縱容

上：由右起依次為康熙皇八子胤禩、皇九子胤禟及大將軍年羹堯。

家人勒索財物包攬招搖」等貪婪之罪計十六項，罪狀昭著「隆科多應擬斬立決、妻子入辛者庫、財產入官。」因康熙「隆科多免其正法。」於暢春園外造屋三間永遠禁錮。」雍正六年六月隆科多死於禁所。

官方記錄乾隆生母鈕祜祿氏的四個兄弟伊通阿、伊松阿、伊三泰及伊紳泰，是乾隆的舅舅，並未如隆科多那般輝煌，他們只是散秩大臣兼佐領、三等侍衛等，一般國舅該有的頭銜，沒有別的恩典。

清朝皇后之父都是在皇后冊立之初便被授予一等承恩公，乾隆又特許皇后之兄承襲一等公，比如嫡母那拉氏的兄弟五格，就被乾隆從一等侯爵襲升為一等公，孝賢皇后的哥哥富文也有此待遇。

奇怪的是乾隆從不稱呼伊通阿及伊松阿等為舅舅，乾隆十三年孝賢皇后去世後，四月的《實錄》「皇后母家例應俱封公爵。皇妣孝敬憲皇后（那拉氏）母家『舅舅五格』從前封為侯爵，朕即位念及晉封公爵。大行皇后母家當封爵時，朕照『舅舅五格』之例……」稱呼五格左一個舅舅、右一個舅舅，是極討厭他的那拉皇后之弟。

總數一千五百卷的乾隆《實錄》卻沒有一條稱鈕祜祿四個兄弟為舅舅，莫非他們不是乾隆真的舅舅。

一門二王

雍正一朝皇帝最寵信的，無疑就是皇十三子胤祥，雍正即位就封他為怡親王，且言明是世襲罔替，為八個清開國元勳鐵帽子王增添第九頂，並任議政大臣總理戶部。

胤祥生於康熙廿五年，據《永憲錄》他「戊子九月以舊東宮事波及亦削貝子」指的是康熙四十七年廢黜太子時，多位皇子被圈禁後陸續釋放且加官晉爵，他似未有後續的升遷，直到雍正即位。

弘曆的堂兄弟之中康熙最寵愛的是弘皙，他是太子嫡子，大家都無法超越也只好認命。能被康熙親自撫養的，還有弘曆親叔叔胤禎的兩個嫡子弘明和弘晊，因十四叔西征而有此殊遇，這時弘曆是連他祖父的面都還沒見上。

沒想到他父親繼任大位後，弘曆還要繼續生活在這些堂兄弟的陰影下，連他出生後沒什麼作為的十三叔一家，全都加官晉爵。

除了封胤祥怡親王，雍正同時封弘皙郡王。胤祥嫡子都得到了不得

了的殊榮。雍正三年十五歲的嫡長子弘暾已封世子當為繼承人，諭旨命怡王府「於王諸子之中再封一郡王，以昭恩獎。」胤祥再四懇辭不接受，當時是準備給生於康熙五十二年，十二歲的弘晈這個恩典。弘曆心中略略平衡的是他十四叔及兩個堂兄弟都被幽禁。

當時弘曆已十四歲，雖是皇子卻連個小貝子爵位都沒有。怡王府此一破天荒的恩典，終在胤祥死後實現，雍正八年八月十五日諭旨「朕追念遺徽中心輾轉，賢王應有加隆之禮，在朕衷實有難已之情，雖與吾弟素願相違朕亦不遑顧恤，弘晈著封為郡王，世襲罔替。」這年襲怡親王的弘曉僅九歲、恩封寧郡王弘晈十七歲，一門二王皇恩浩蕩，近廿歲的弘曆仍是什麼爵位都沒。

右：最得雍正信任及重用的怡親王胤祥畫像。
左：圓明園南萼輝園，雍正賜胤祥後改名交輝園，目前原物僅殘存單孔石拱橋。

Ville ou les Barques de l'Empr. viennent. Il doit toujours y en avoir pour dix ans dans ces Magazins.
Palais de Regulo
Miao
IV.me
BANNIERE
Blanche
Palais de Prince
新怡王府
Palais pour les Deputés de la Corée
Gd. Marché
Miao
Palais de Regulo
Palais de Regulo
OU
QUARTIER
Miao 47
4 Arcs de Triomphes
12
Place vuide
Subdivisé
37
Residence de St. Joseph qui depend du College des Jesuites Portugais
Magasin du Ris pour les Mandarins 45
Miao
賢良寺
原怡王府
Mur Jaune
Miao
en
deux
Bannieres
Palais de Regulo
Palais de Regulo
Endroit où les Lettrés composent pr obtenir le degré. Il y a quelques centaines de petites Chambres dans cet Emplacement.
43
Tribunal où s'expedient les affaires des Païs Etrangers
寧郡王府
12
bdivisé
en
deux
Bannieres
Sala des Ancêtres des Empr.
40
Palais de Regulo
46
44
39
Maison des Russes pour le Commerce Avec leur Eglise.
les Moscovites
B

這個場景與《紅樓夢》中的榮寧二府極相似，第二回冷子興說「自榮公死後，長子賈代善襲了官……生了兩個兒子長子賈赦，次子賈政……太夫人尚在，長子賈赦襲著官，次子賈政自幼酷愛讀書祖父最疼，原

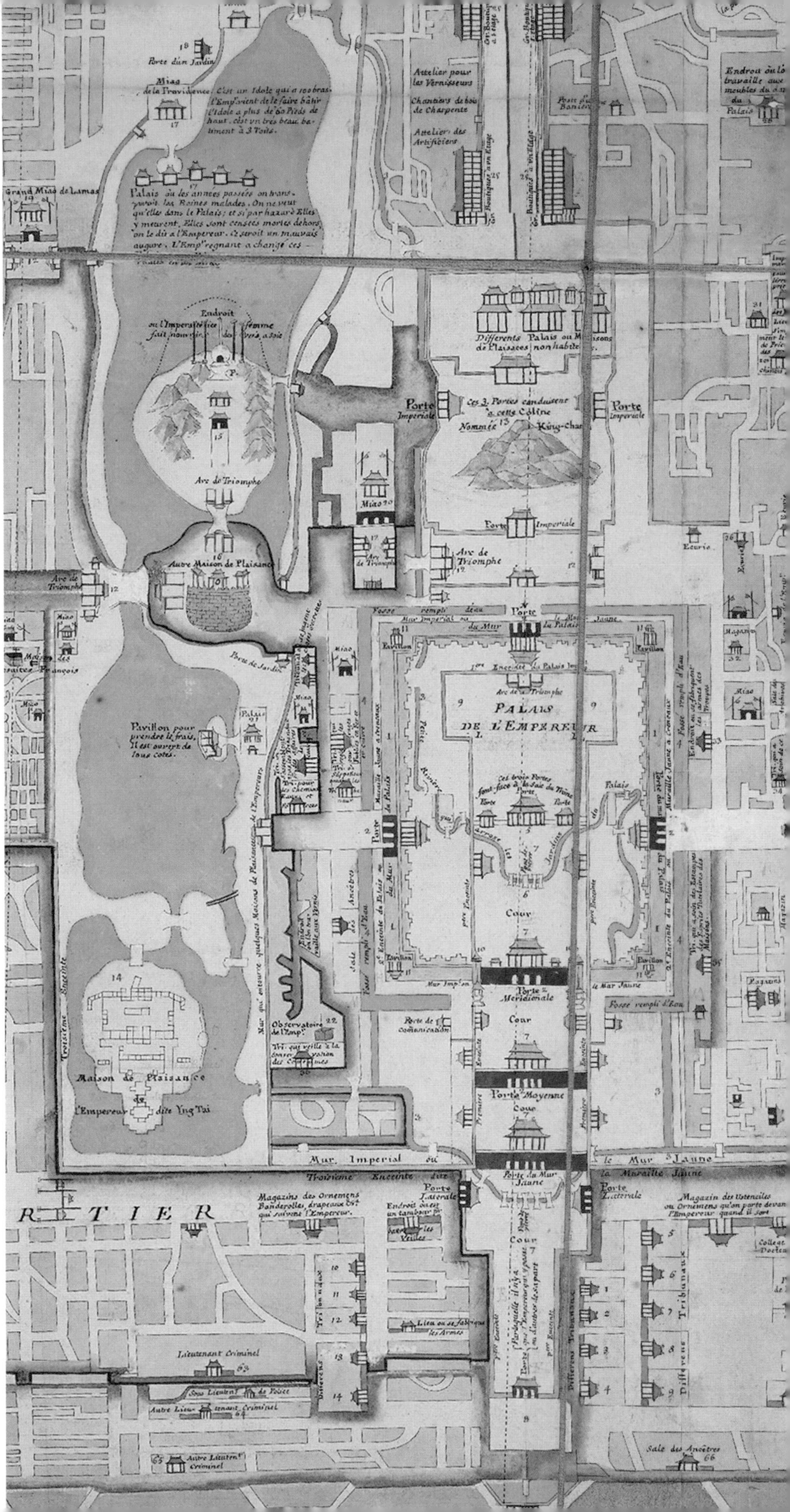

乾隆十五年地圖顯示原怡王府已改為賢良寺，恩封的寧郡王府新設在東側，新怡王府在寧王府北側。神似榮寧兩府的配置。

欲以科甲出身的，不料代善臨終時遺本一上，皇上因恤先臣，即時令長子襲官外，問還有幾子，立刻引見，遂額外賜了這政老爹一個主事之銜，令其入部習學，如今現已升了員外郎了。」

高陽指出弘晈恩封的「寧」郡王影射寧國府，相對的是榮國府的怡紅院，影射了「怡」親王弘曉。

雍正元年，蘇州織造李煦被抄家後，曹家奉旨交與怡親王傳奏，在曹頫請安摺上的朱批「朕安。你是奉旨交與怡親王傳奏你的事的，諸事聽王子教導而行⋯不要亂跑門路瞎費心思力量買禍受，除怡王之外竟可不用再求一人拖累自己……若有人恐嚇詐你不妨你就求問怡親王，況王子甚疼憐你，所以朕將你交與王子……壞朕聲名，朕就要重重處分王子也救你不下了。」看來雍正並沒有要清算曹頫的意思。

但曹頫遠在南京，可能搞不清楚京城新的政治行情，仍在走原來皇九子或皇十四子的門路，終至雍正

六年元宵節前被革職抄家，後仍交付怡親王看管，曹家與怡王府的關係自是綿密。

雍正擴建圓明園時，將園東南方萼輝園賜給胤祥，兩人比鄰而居。雍正三年入住他改名交輝園，正院主樓交輝樓庭院寬闊，院南有一小湖引萬泉河活水，共有三十景。

弘曉《交輝園記》寫得好似進入了大觀園「楊柳掩映的小樓，有迂折長廊和宛轉小徑，通向山頂的方亭。庭院裡青松百尺挺拔蔥鬱；修竹數竿隨風搖曳。鮮杏枝頭粉瓣吐蕊；夭桃盛開盡顯芳菲。翻階芍藥拂檻牡丹。藕花深處……」

雍正六年胤祥嫡長子弘暾去世，與他尚未過門媳婦富察氏要求守節為胤祥所拒。兩年後胤祥去世，富察氏又至怡王府「悲慟銜哀懇求服孝」。雍正得知諭宗人府「弘暾身後一應禮儀，俱照貝勒之例。著於

右：怡親王泛舟圖，可能在交輝園中。
左：少年胤祥的畫像。

弘暾親任內，以一人為弘暾之嗣，即襲封貝勒令富察氏撫養。俾其無子而有子，以彰節女之厚報焉。」入選者是弘晈嫡長子永喜，此時未滿兩歲因過繼得封貝勒，弘曆還是什麼名位都沒。

這段故事多少有《紅樓夢》中賈珠、李紈的影子，只是小說中兒子賈蘭長大成人，而永喜早殤。

雍正八年怡親王去世，雍正破格以「忠敬誠直勤慎廉明」冠於謚號「賢」之上，且感慨地說「前八阿哥（福惠）之事，彼奸邪小人之意中，亦必以為朕心之痛至於不可解矣……但八阿哥之事乃朕父子之私情小節，可即時擺脫不使縈繞於懷，而怡親王之事，則有不同者。」

北京城內的怡親王府位於今王府井一帶，弘曉襲封後，為祈胤祥冥福，怡王府被皇帝改成賢良寺。

怡王府新址設在朝陽門內大街路北，其藏書樓九楹積書皆滿。乾隆三十七年四庫館開，各地藏書家均奉詣進呈，唯怡府藏書未進呈。

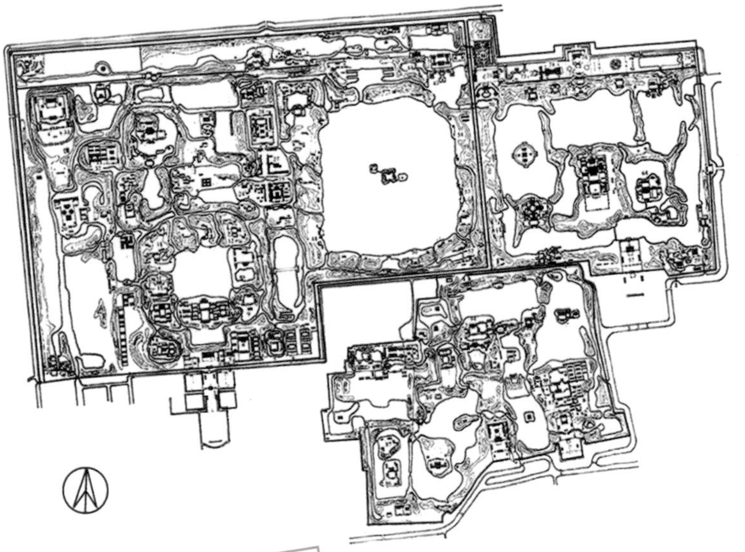

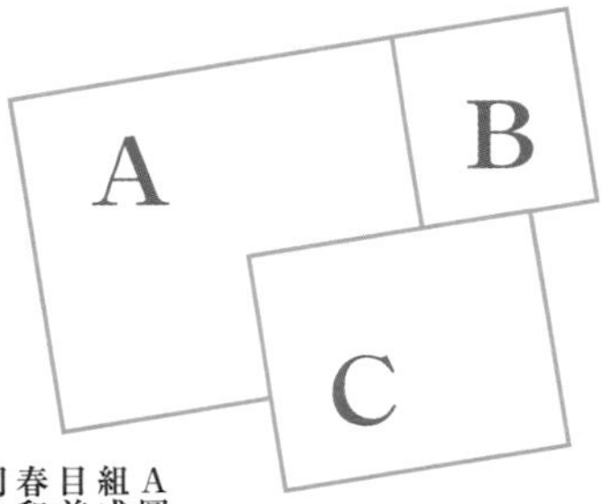

A圓明園、B長春園、C交輝園組成「圓明三園」，目前大部分園址仍維持綠地，春和園後又改稱綺春園，同治年間稱萬春園。

長久以來乾隆與弘曉的關係都十分緊張，辜負了胤祥臨終時已經預見了未來，新皇帝不可能對怡王府仍是持續恩寵，讓年僅九歲的弘曉承襲，主動示弱如同繳械。退縮並無改善乾隆與怡王府的關係，乾隆四年弘曉的兩位哥哥弘昌、弘晈因捲入弘皙逆案，遭到革爵和警告。

弘曉雖貴為鐵帽子親王，正職也只是乾清門侍衛，乾隆五年才晉升為正白旗漢軍都統，但乾隆八年十月諭旨「怡親王弘曉不佩小刀，是何道理……今宗室之子弟，食肉不能自割、行走不佩箭袋，有失滿洲舊俗。」只有失舊俗，竟解除了他都統之職。同一諭旨一起訓斥了乾隆早年近鄰，咸福宮阿哥允祕及親弟弟弘晝「朕食肉未畢而誠親王、和親王便放盌匙默坐」一樣是芝麻綠豆點大的小事，當然是為了告訴你們，天威難測呀。

此後，弘曉除世襲罔替的鐵帽子王頭銜外沒有其他職務，乾隆十三年左右乾隆將交輝園賜予傅恆，改名「春和園」。

皇帝雖未下旨驅逐弘曉出園，也是十分難堪的場面。似到乾隆廿八年暮春，弘曉一家才完全搬出交輝園，全園歸傅恆所有。

乾隆卅五年傅恆病逝，卅七年春和園及附近小園擴建成綺春園。

乾隆四十三年弘曉也去世了。

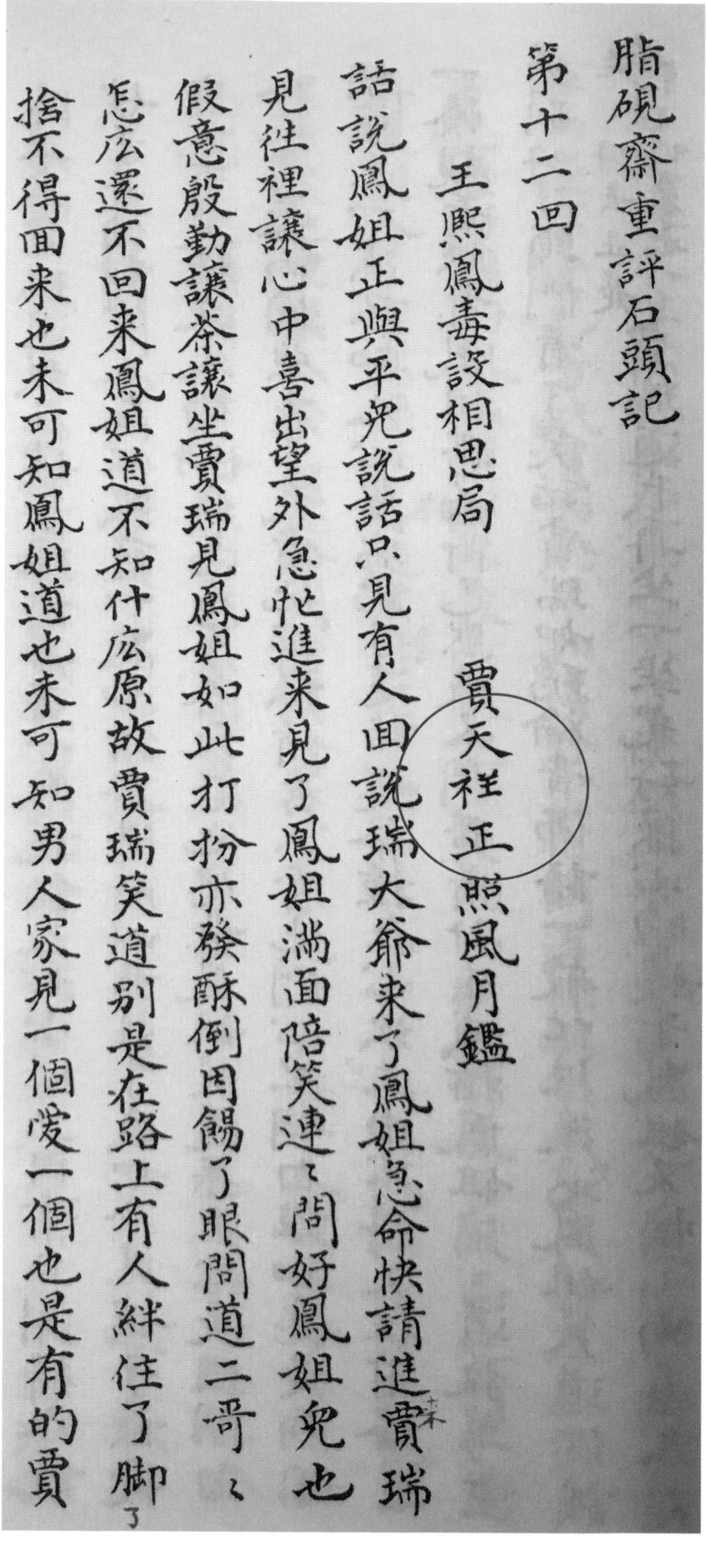

脂硯齋重評石頭記

第十二回

王熙鳳毒設相思局　賈天祥正照風月鑑

話說鳳姐正與平兒說話只見有人回說瑞大爺来了鳳姐急命快請進賈瑞見往裡讓心中喜出望外急忙進来見了鳳姐滿面陪笑連連問好鳳姐兒也假意殷勤讓茶讓坐賈瑞見鳳姐如此打扮亦發酥倒因餳了眼問道二哥哥怎么還不回来鳳姐道不知什么原故賈瑞笑道別是在路上有人絆住了脚捨不得回来也未可知鳳姐道也未可知男人家見一個愛一個也是有的賈

後記　怡王府與《紅樓夢》己卯本

手抄本《石頭記》有甲戌、己卯及庚辰三大抄本，己卯為乾隆廿四年，因回目有「己卯冬月定本」而得名。己卯本中的「玄、祥、曉」三字均缺筆，右圖為己卯本十二回，其回目中賈天祥的「祥」字缺筆，現存己卯本中「祥」字避諱有五處，「曉」字避諱十一處，至於「玄」字，曾親自檢視過原本的紅學家任曉輝先生告知筆者，「玄」字最後一筆墨色與其他筆劃不同，極可能是後來添上這一點。「玄、祥、曉」三字是怡親王弘曉祖孫三代之名。怡王府

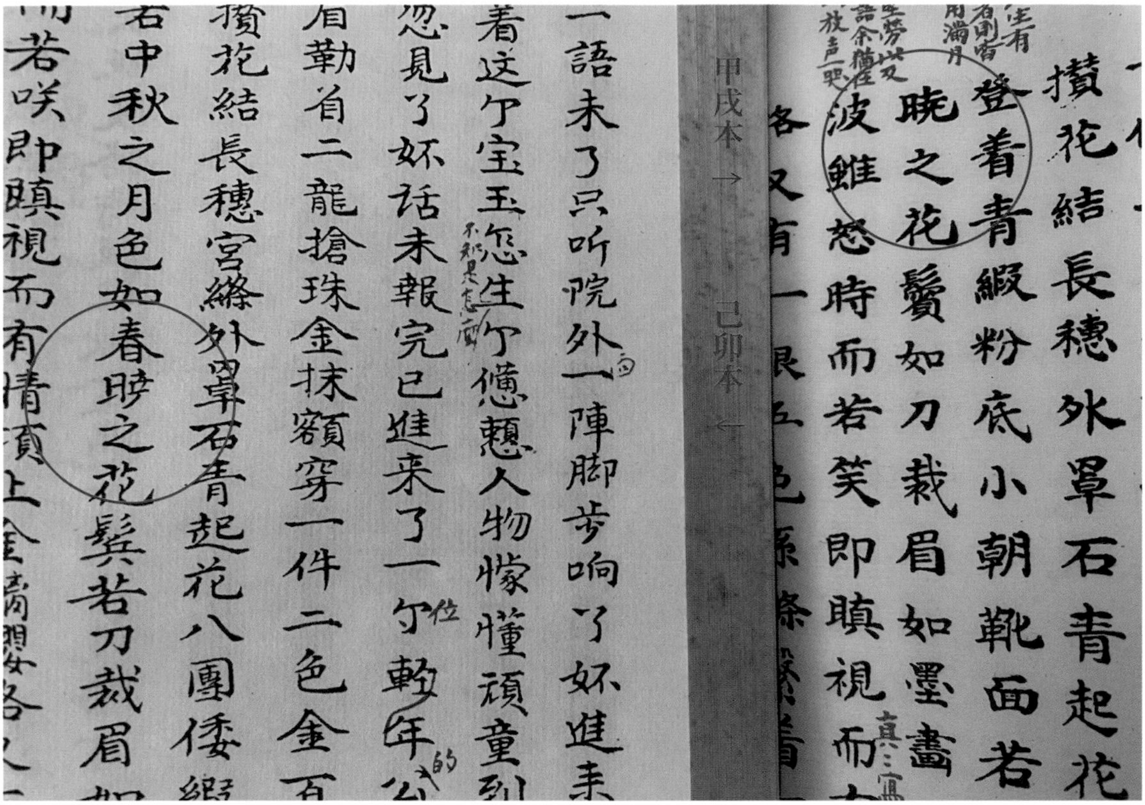

以藏書稱著，其《怡府書目》避諱亦為此三字缺筆。據此，吳恩裕、馮其庸紅學家等做成「己卯本是乾隆時怡親王府的一個原抄本」的結論。

近代有不少人替曹雪芹找新的著作，也有人忙著替《紅樓夢》找新的作者，如土默熱的「洪昇說」等等，也包括了「怡親王弘曉說」。

此說證據尚不失嚴謹，弘曉本人一出生就是雍正年最有權勢的怡王府嫡子，八歲就襲爵封王，自己精通詩文，收藏無數古籍善本。居住在圓明園南側交輝園中，景色更勝大觀園，所有皇家級的用物當然一樣不缺。

乾隆八年弘曉廿一歲時，所有頭銜被乾隆拔光，五年後交輝園又被乾隆轉送給當朝新貴傅恆，極可能部分屋舍先交出已由富察家入住，似是形式有東西兩府各據一方。

拖了近十五年，乾隆廿八年時因允禧去世，其紅橋別墅轉賜弘曉，怡親王一家才完全遷出交輝園。

用這些歲月際遇來寫《紅樓夢》，倒符合該書創作的時序與心境。

右：己卯本《石頭記》曉與祥字多處缺筆，
最明顯的是十二回回目的祥字。
上：第三回形容寶玉容貌，
面若中秋之月，色如春曉之花。
右為甲戌本曉字正常、己卯本缺筆。

道

雍正一直傳說好修道煉丹。《實錄》記載，雍正八年他與怡親王都深受病痛所苦，因而尋訪各地奇人異士前來治病。

雍正死亡前幾天《起居注》的記錄看來，一切尚屬正常，八月十八日皇帝在圓明園與大臣議事、二十日召見寧古塔的官員；又過了一天「上不豫。仍照常辦事。」但到了次日晚上亥時突然「戌刻。上疾大漸。」廿三日「子刻。上崩。」從疾病惡化到死亡只兩個時辰不到，過程十分怪異。正史並沒有記載死因，或是得什麼時疫急症，只留下迷霧無限。

兩天後乾隆即位，諭內監「皇考大事。朕五內崩摧……務要皇太后寬心……不許聞風妄行傳說……宮禁之中凡有外言，不過太監等、得之市井傳聞多有舛誤。設或妄傳至皇太后前或查出、或犯出、定行正法。」

嚴禁「聞風妄行傳說」自是因為已經傳說紛紜了，野史中更有無限想像空間，最膾炙人口的，當屬呂四娘飛簷走壁取走了雍正的頭。

乾隆傳諭「皇考萬幾餘暇聞外間有爐火修煉之說。聖心深知其非。聊欲試觀其術以為遊戲消閒之具。因將張太虛、王定乾等置於西苑空閒之地。聖心視之如俳優人等耳。未曾聽其一言。未曾用其一藥……皇考向朕與和親王面諭者屢矣。今朕將伊等驅出各回本籍：若伊等因內廷行走數年。捏稱在大行皇帝御前一言一字。以及在外招搖煽惑。斷無不敗露之理。一經訪聞。定嚴行拏究、立即正法。決不寬貸。」乾隆希望能撇清坊間所傳雍正服丹砂中毒而死的流言。

新皇帝看來是鄙夷修道煉丹，澄清皇考視這些道士如戲子，強調皇考並沒有相信及服用丹藥，且早就想把道士們趕出宮外。他們回原籍後，若膽敢在外藉著曾在御前行走而企圖招搖撞騙，被抓到後立刻正法決不寬容。這道欲蓋彌彰越描越黑的諭旨，反而證明雍正的死，多少可能是與服丹砂中毒相關。

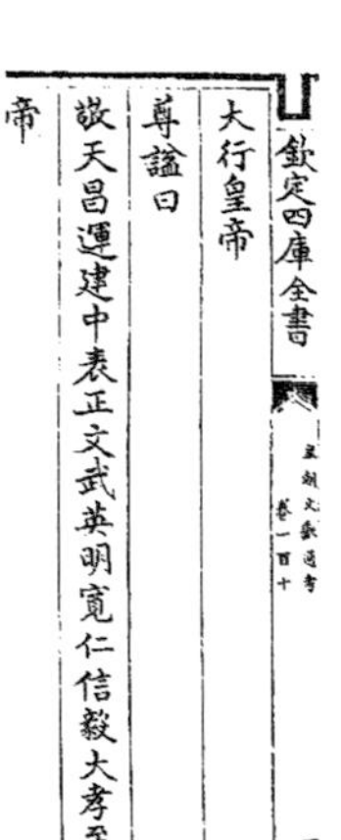
欽定四庫全書
大行皇帝
尊諡曰
敬天昌運建中表正文武英明寬仁信毅大孝至誠憲皇帝

十一月時頒雍正諡號，為「敬天昌運建中表正文武英明寬仁信毅大孝至誠憲皇帝廟號世宗。」由於諡號的第一個字是「敬」，不少人聯想到《紅樓夢》中的賈敬。

第二回敘述「……次子賈敬襲了官，如今一味好道，只愛燒丹煉汞餘者一概不在心上……只在都中城外和道士胡羼。」雍正的身影呼之欲出。

左：焦秉貞繪雍正初年欽安殿齋醮設祭，為怡親王祈福。

第十三回《紅樓夢》中還有一個不為人注意的小節，因賈蓉不過是個黌門監，為了使秦可卿的喪禮風光，靈幡經榜上寫著好看，賈珍花了一千二百兩銀子幫兒子捐官，賈蓉的履歷上寫著「祖—乙卯科進士賈敬、父—『世襲』三品爵威烈將軍賈珍。」

第二回明明說了賈敬襲了官，履歷上賈敬不見「世襲」二字，突然變成了乙卯科進士？

明清時期，正科鄉試每三年舉行一次，除有特殊恩科外，一定是在子午卯酉四正之年舉行，考中者即為「舉人」。次年舉行殿試，錄取稱「進士」，其中第一名為狀元、第二名榜眼、第三名探花。殿試之年一定是辰戌丑未年，何來「乙卯科進士」？除非開了恩科。

有紅學家查過清代檔案，從順治年開始到曹雪芹去世，沒有一次開恩科是在乙卯年，直到乾隆六十年才有「乙卯恩科」。夢覺主人序的甲辰本《紅樓夢》中，賈敬改成了「丙辰科進士」以符官制，但仍未解決世襲的問題。賈敬有現成世襲三品爵位，何須科考？全書也從未標榜他好學不倦可以考中進士。

「乙卯」年在曹雪芹有生之年只有雍正十三年，這年雍正去世，或許喜歡玩文字遊戲的雪芹，把「進士」暗示為「進土」，亦有學者認為是同音的「進諡」，故意留下沒有科考的「乙卯」線索。

作者繼續在第六十三回〈死金丹獨豔理親喪〉中，描寫賈敬服丹藥中毒而死「肚堅似鐵、面嘴紫絳皺裂」，極可能就是雍正死亡之時的實況。內容如次：

「老爺賓天了。」眾人聽了，唬了一大跳，忙都說「好好的並無疾病，怎麼就沒了？」家下人說「老爺天天修煉，定是功行圓滿升仙去了。」尤氏一聞此言…

命人先到玄真觀，將所有道士都鎖了起來……又請太醫看視到底係何病。大夫們見人已死何處診脈來，素知賈敬導氣之術總屬虛誕，更至參星禮鬥，守庚申，服靈砂，妄作虛為，過於勞神費力反因此傷了性命的。如今雖死，肚中堅硬似鐵，面皮嘴唇燒的紫絳皺裂。便向媳婦回說「係玄教中吞金服砂，燒脹而歿。」眾道士慌的回說「原是老爺秘法新製的丹砂吃壞事，小道們也曾勸說『功行未到且服不得』，不承望老爺於今夜守庚申時悄悄的服了下去，便升仙了。這恐是虔心得道，已出苦海，脫去皮囊，自了去也。」尤氏也不聽只命鎖著等賈珍來發放……

守庚申是道教漢代以來的古老修煉術，尤其是求仙之人或求長生之道者，須守庚申後再服丹藥成仙。日本平安時期的貴族、歷代帝王李世民（唐太宗享年五十一歲）、朱厚熜（明世宗享年五十九歲）都好此道、雍正也只活了五十七歲。

雍正與道士的淵源很深，雍正八年後見諸正式文獻，這年一說係因為怡親王重病或皇帝自己也生病，曾密旨李衛、田文鏡等親信求道玄之術，馮爾康《雍正傳》引〈清世宗硃諭第六函〉寫著「可留心訪問有內外科好醫生，與深達修養性命之人，或道士或講道之儒士俗家。倘遇緣訪得時……一面著人優待送至京城，朕有用處……便薦送非人，朕亦不怪也，朕自有試用之道……慎密為之！」李衛接旨後推薦道士賈士芳，由田文鏡派專人於七月送他進京，然怡親王已於五月初病逝。

兩個月後的九月廿五日，皇帝跟賈士芳翻臉，諭內閣「從前因吾弟怡賢親王氣體清弱時常抱恙，朕諭令訪問精於醫理之人……吾弟奏稱白雲觀近有一人通曉心性之學，朕令召來一見……其人之學術精粗深淺朕面詢即知……遵旨進見，朕所詢問伊不能對，及諭以心性之學，伊

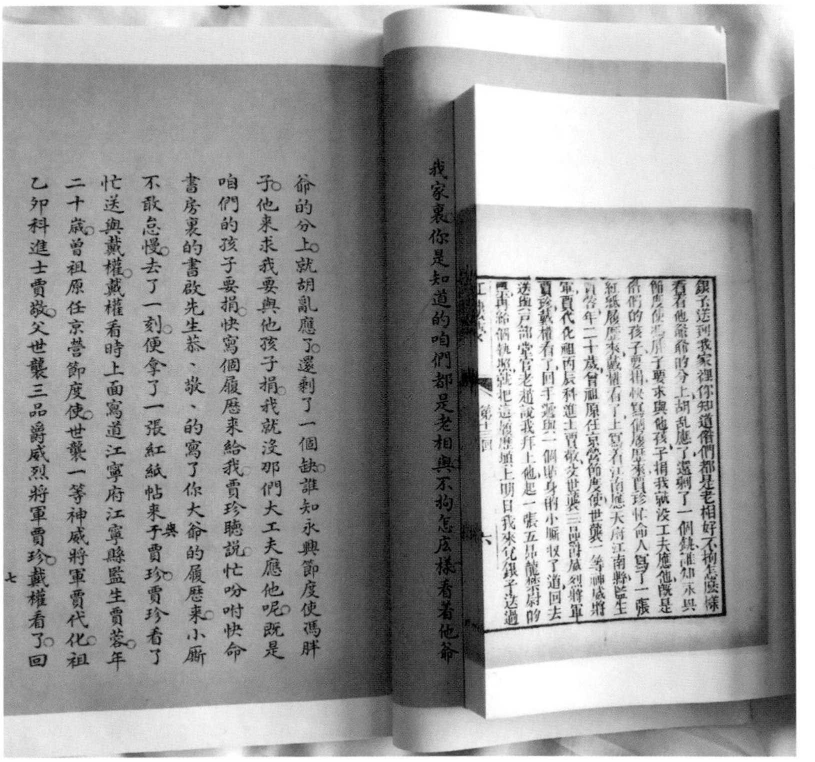

我家裏你是知道的咱們都是老相與不拘怎麼樣看着他爺
爺的分上就胡亂應了還剩了一個缺誰知永興節度使馮胖
子他來求我要與他孩子捐我就沒那們大工夫應他呢既是
咱們的孩子要捐快寫個履歷来給我賈珍聽說忙吩咐快命
書房裏的書啟先生恭、敬、的寫了你大爺的履歷来小廝
不敢怠慢去了一刻便拿了一張紅紙帖来與賈珍賈珍看了
忙送與戴權戴權看時上面寫道江寧府江寧縣監生賈蓉年
二十歲曾祖原任京營節度使世襲一等神威將軍賈代化祖
乙卯科進士賈敬父世襲三品爵威烈將軍賈珍戴權看了回
七

上：雍正道裝圖。
下：早期手抄本賈敬為「乙卯科進士」，後印本已改「丙辰」。

則偽作欽服之狀極口稱頌。朕察其虛詐中無所有，略加賞賜而遣之……隨經李衛奏稱聞中州有賈士芳者，平素通知數學……初到時朕令內侍試以卜筮之事，伊言語支離啟人疑惑。因自言上年曾蒙召見，朕始知即白雲觀居住之人也。伊乃自言長於療病之法，朕因令其調治朕躬，伊口誦經咒並用以手按摩之術。見伊心志奸、回語言妄誕，竟有天地聽我主持、鬼神聽我驅使等語。朕降旨切責。伊初聞之亦覺惶懼，繼而故智復萌狂肆百出，公然以妖妄之技欲施於朕前……著拏交三法司、會同大學士定擬具奏。」

賈士芳按律被判凌遲處死，皇帝下旨改為立斬。

有限的資訊顯示，賈士芳在京城白雲觀修行時，似曾進過一次宮，但與雍正並不投緣，略加賞賜後即被請走，之後他又到河南行走，始被李衛探得。這位道士應該確實是有些本領，二進宮前後不過一、兩個月，雍正也表示病體真有進步，卻因此人狂妄自大，可能想操控皇帝，而惹來殺身之禍。

下一個奉召接手治療皇帝病的是正一派的道士婁近垣，正一派形成於元代，以畫符念咒為主，奉張天師為首。婁近垣生於康熙廿八年自

右：故宮〈十二月月令圖〉十一月是參禪修道。
左：清末白雲觀內道士。

幼在龍虎山學道，習五雷陣法及諸家符秘，成為清代以符籙名世的道士，雍正五年他隨第五十五代天師張錫麟入京禮斗祈雨。

明初官方承認的道教只有全真和正一兩派，他系出正統，學養俱佳有不少論作，可與雍正深談心性。因治病確有療效及人品符合雍正標

準，賜了他四品龍虎山提點，並任紫禁城內道場欽安殿的住持。

雍正八年底起，皇帝陸續賜御筆匾額、對聯與詩。二月四日皇帝在欽安殿面賜婁近垣御筆並諭「這匾與你江西龍虎山提點司那裡掛。」君臣二人極短的時間內就建立了互相的信任。婁近垣可能為了能就近替皇帝治病，破格准予居住於欽安殿西側「玉翠亭」邊房舍中，成為唯一可以住在大內之內的男性，是前所未有的恩寵殊榮。

婁近垣後隨雍正學佛，是雍正十一年皇帝收的十四門徒之一，他的法號改為妙正居士。乾隆法號長春居士與婁近垣是同修。乾隆即位後驅逐圓明園中煉丹道士，因婁近垣從不談丹藥怪異之說，雍正死後沒多久，九月十三日新皇帝就誥授婁近垣三品，乾隆元年敕婁近垣帶管京師道籙司印務，東嶽廟住持等。

《紅樓夢》十八回因準備元妃省親在大觀園中設道觀，采訪聘買小道姑「外有一帶髮修行的……今年十八歲法名妙玉……因聽見長安都中有觀音遺跡並貝葉遺文，去歲隨了師父上來……師父極精演先天神

右二圖：婁近垣破格被允許，住欽安殿與玉翠亭間小屋。上：玉翠亭在御花園西北角。

數……」

婁近垣被封妙正真人，妙正真人與《紅樓夢》這位法名「妙玉」的道姑一樣是「隨著師父進京」，師父一樣是「極精演先天神數」，妙玉大觀園居「攏翠庵」與妙正居御花園「玉翠亭」東側也相呼應，而「妙玉」兩字更神似「妙正」。

乾隆四十一年婁近垣羽化，享壽八十九歲。他也是極少數從乾隆登基起，與皇帝及朝廷均能維持極佳關係的重要人士。

這與《紅樓夢》中妙玉是「到頭來，依舊是風塵骯髒違心願。好一似白玉無瑕遭泥陷。」的結局真是天差地別。

替雍正治病的道士婁近垣號妙正居士，與《紅樓夢》中「妙玉」一樣，都是隨著師父進京。妙玉的師父與婁之師張天師一樣是「極精演先天神數」。妙玉大觀園居「攏翠庵」，妙正居御花園「玉翠亭」東側。

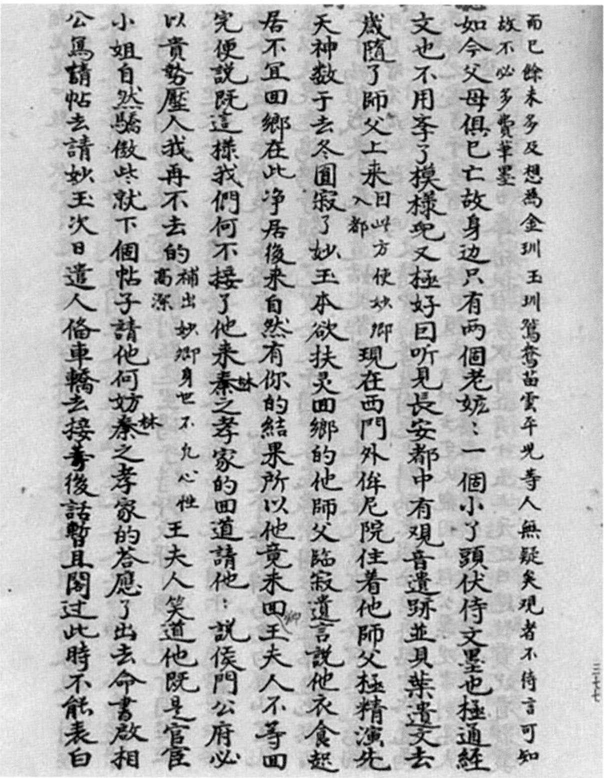

而已餘未多及想為金釧玉釧鴛鴦茜雲平兒等人無疑矣覌者不待言可知
故不必多費筆墨
如今父母俱已亡故身边只有兩個老嬷嬷一個小丫頭伏侍文墨也極通經
文也不用學了模樣兒又極好因听見長安都中有覌音遺跡並貝葉遺文去
歲隨了師父上來（曰此方使妙卿入都）現在西門外牟尼院住着他師父極精演先
天神數于去冬圓寂了妙玉本欲扶灵回鄉的他師父臨寂遺言說他衣食起
居不宜回鄉在此净居後来自然有你的結果所以他竟未回鄉王夫人不等回
完便說既這樣我們何不接了他来林秦之孝家的回道請他說侯門公府必
以貴勢壓人我再不去的（補出妙卿身世不凡心性高潔）王夫人笑道他既是官宦
小姐自然驕傲些就下個帖子請他何妨林秦之孝家的荅應了出去命書啟相
公寫請帖去請妙玉次日遣人備車轎去接等後話暫且閣过此時不能表白

左：四十一回櫳翠庵茶品梅花雪妙玉以犀角杯斟茶給黛玉。
上：國立故宮博物院藏犀角杯。

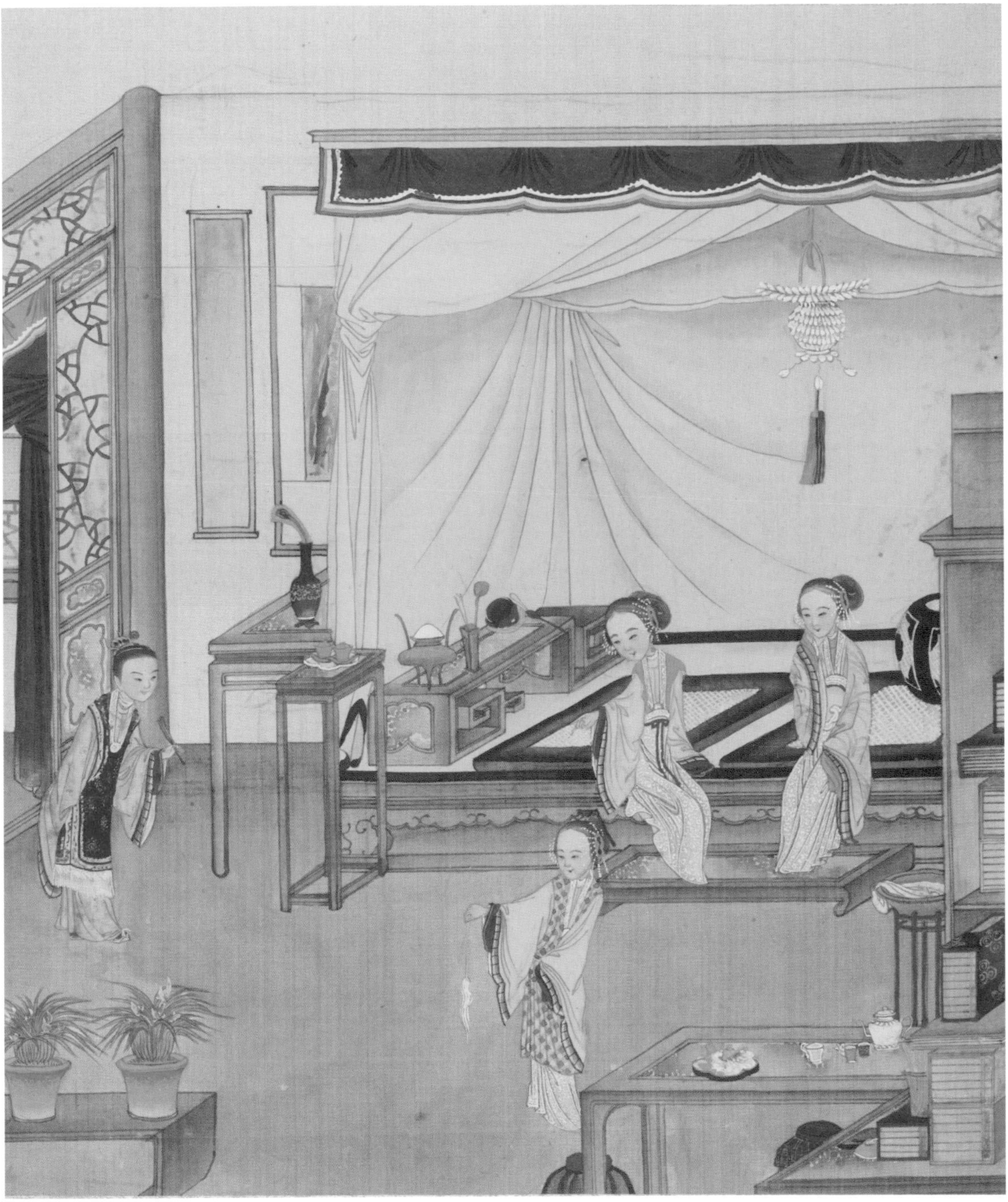

被勒索的父親遺詔

雍正帝的後宮后妃、子女，與他父親康熙或兒子乾隆相比較，都非常遜色。替他生育子女的後宮僅七人。嫡福晉烏拉那拉多棋木里於十二歲時經康熙賜婚，康熙卅六年嫡子弘暉誕生，僅享年八歲，為她誕育唯一孩子，此年那拉氏廿三歲。

雍正似在一段特定時間內後宮僅一專寵，康熙卅四年到四十三年間的一女三子，均為後封齊妃的側福晉李氏所生。

隔七年到康熙五十年，相隔數月格格鈕祜祿氏（後封熹妃？）與格格耿氏（後封裕嬪）各生一子。

再四年後的康熙五十四年到雍正元年間的一女三子，均為後封貴妃的側福晉年氏所生。最後一子弘瞻係雍正十一年劉嬪（乾隆繼位後尊封謙妃）生。

這個相對簡單的帝王家，到雍正去世時人丁更為單薄，皇后貴妃早已去世，他十個皇子此時存活的只有廿五歲的弘曆、弘晝及兩歲的弘瞻三人。大位歸屬較之康熙朝是簡單多了，雍正十三年八月廿七日所頒發大行皇帝遺詔，傳位的記載：

左上：清世宗胤禛年號雍正。
左下：〈雍正遺詔〉（摹擬）。

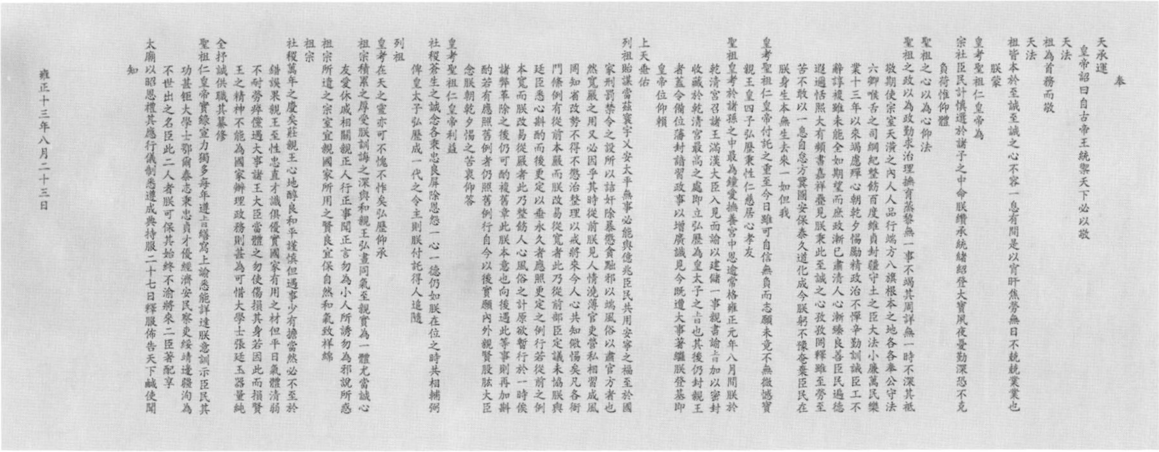

奉
天承運
皇帝詔曰自古帝王統禦天下必以敬
天法
祖為首務而敬
天法
祖皆本於至誠至誠之心不容一息有間是以宵旰焦勞無日不兢兢業業也
朕蒙
皇考聖祖仁皇帝為
宗社臣民計慎選於諸子之中命朕纘承統緒紹登大寶夙夜憂勤深恐不克
負荷惟仰體
聖祖之心以為心仰法
聖祖之政以為政勤求治理撫育蒸黎無一事不竭其周詳無一時不深其祗
敬期使宗室天潢之內人人品行端方八旗根本之地各各奉公守法
六卿喉舌之司綱紀整飭百度維貞封疆守土之臣大法小廉萬民樂
業十三年以來竭慮殫心朝乾夕惕勵精政治不憚辛勤訓誡臣工不
辭諄複雖未能全如期望而庶政漸已肅清人心漸臻良善臣民遍德
遐邇恬熙大有頻書嘉祥疊見朕秉此至誠之心孜孜罔釋雖至勞至
苦不敢以一息自怠方冀圖安保泰久道化成今朕躬不豫奄棄臣民在
朕身生本無生去來一如但我
皇考聖祖仁皇帝付托之重至今日雖可自信無負而志願未竟不無微憾寶
親王皇四子弘曆秉性仁慈居心孝友
聖祖皇考於諸孫之中最為鍾愛撫養宮中恩逾常格雍正元年八月間朕於
乾清宮召諸王滿漢大臣入見面諭以建儲一事親書諭旨加以密封
收藏於乾清宮最高之處即立弘曆為皇太子之旨也其後仍封親王
者蓋令備位藩封諳習政事以增廣識見今既遭大事著繼朕登基即
皇帝位仰賴
上天垂佑
列祖貽謀當茲寰宇乂安太平無事必能與億兆臣民共用安寧之福至於國
家刑罰禁令之設所以詰奸除暴懲貪黜邪以端風俗以肅官方者也
然寬嚴之用又必因乎其時從前朕見人情澆薄官吏營私相習成風
罔知省改勢不得不懲治整理以戒將來今人心共知儆惕矣凡各衙
門條例有從前本嚴而朕改易從寬者此乃從前部臣定議未協朕與
廷臣悉心斟酌而後更定以垂永久者應照更定之例行若從前之例
本寬而朕改易從嚴者此乃整飭人心風俗之計原欲暫行於一時俟
諸弊革除之後仍可酌複舊章此朕本意也向後遇此等事則再加斟
酌若有應照舊例者仍照舊例行自今以後實願內外親賢股肱大臣
念朕朝乾夕惕之苦衷仰答
皇考聖祖仁皇帝利益
社稷蒼生之誠念各秉忠良屏除恩怨一心一德仍如朕在位之時共相輔弼
俾皇太子弘曆成一代之令主則朕付託得人追隨
皇考在天之靈亦可不愧不怍矣弘曆仰承
列祖
祖宗積累之厚受朕訓誨之深與和親王弘晝同氣至親實為一體尤當誠心
友愛休戚相關親正人行正事聞正言勿為小人所誘勿為邪說所惑
祖宗所遺之宗室宜親國家所用之賢良宜保自然和氣致祥綿
祖宗
社稷萬年之慶矣莊親王心地醇良和平謹慎但遇事少有擔當然必不至於
錯誤果親王至性忠直才識俱優實國家有用之材但平日氣體清弱
不耐勞煩儻遇大事諸王大臣當體之勿使傷損其身若因此而損賢
王之精神不能為國家辦理政務則甚為可惜大學士張廷玉器量純
全抒誠供職其纂修
聖祖仁皇帝實錄宣力獨多每年遵旨繕寫上諭悉能詳達朕意訓示臣民其
功甚鉅大學士鄂爾泰志秉忠貞才優經濟安民察吏綏靖邊疆洵為
不世出之名臣此二人者朕可保其始終不渝將來二臣著配享
太廟以昭恩禮其應行儀制悉遵成典持服二十七日釋服佈告天下咸使聞
知
雍正十三年八月二十三日

「寶親王皇四子弘曆，秉性仁慈居心孝友。聖祖皇考於諸孫之中最為鍾愛。撫養宮中恩逾常格。雍正元年八月間，朕於乾清宮召諸王滿漢大臣入見，面諭以建儲一事。親書諭旨加以密封，收藏於乾清宮最高之處。即立弘曆為皇太子之旨」簡單地說係遵大行皇帝遺命，選康熙諸孫之中最鍾愛的弘曆繼大位。雍正元年八月皇帝親自建儲立弘曆為皇太子，密旨藏於正大光明匾後。

弘曆繼位理論上雖無疑慮，但遺詔內容如他係康熙「於諸孫之中最為鍾愛」實有失高度，康熙可能是有一點「鍾愛」弘曆，但離「最為鍾愛」還很遠很遠，中間至少還夾了康熙唯一嫡皇孫弘晳等多人。另雍正元年八月「密已建儲」也是存疑的，至少在雍正六年福惠去世以前，連朝鮮使臣都回報，皇儲人選必為福惠。

遺詔自是皇帝死後才書寫，況雍正去世時僅五十七歲，若久病纏身可能會先有交代，雍正《實錄》皇

帝由不適到病情惡化不過一日，再兩個時辰就崩逝了。五天後頒布的這個遺詔，執筆者自是揣摩新皇帝的上意，寫得四平八穩外，竟還加上一個尾巴「莊親王心地醇良、和平謹慎……果親王至性忠直、才識俱優，實國家有用之材……大學士張廷玉器量純全抒誠供職。其纂修聖祖仁皇帝實錄宣力獨多……其功甚鉅。大學士鄂爾泰志秉忠貞、才優經濟安民察吏、綏靖邊疆：此二人者。朕可保其始終不渝。將來二臣、著配享太廟。」

莊、果二親王，鄂、張二臣等四人是主筆者，遺詔應是先帝回憶這一生自己的豐功偉業，怎麼反是執筆者自吹自擂。

右：清代皇權象徵是太和殿。
左：乾清宮正大光明匾後，曾有無數的謊言。

雍正《實錄》還記載皇帝崩逝前「皇太子傳旨。著莊親王允祿、果親王允禮、大學士鄂爾泰、張廷玉輔政。」這四個人正好都在雍正彌留現場，康熙是八歲即位、十四歲已親政，這年弘曆都廿五歲了，還需要輔政大臣嗎？看起來他們不但自肥，還似在勒索新皇帝。九月初三日弘曆即位，建號次年為乾隆元年。

由不豫到崩逝這麼快，除了丹藥中毒也有人推測是中風而死。除四個輔政大臣外，臨終顧命的還有訥親、豐盛額及海望三人。鈕祜祿訥親是康熙四輔臣遏必隆的孫子，出身名門原即為軍機大臣，乾隆登基後協辦總理事務等同宰相。豐盛額及海望兩個內務府出身的，竟然都一躍為軍機大臣，這不是在勒索新皇帝，又是什麼跟什麼呢。

雍正的突然去世，造就了弘曆開始超過一甲子的巔峰人生。

後記

允祿乾隆四年涉弘皙案解除公職，乾隆七年管理樂部，乾隆卅二年病死，享年七十三歲。

允禮乾隆三年二月病死，享年僅四十二歲，因無子乾隆以雍正幼子弘瞻為其嗣。

鄂爾泰乾隆十年病逝，他去世十年後，因門生胡中藻涉案被撤出賢良祠。

張廷玉乾隆廿年去世享壽八十三歲，生前為是否配享太廟數度與乾隆衝突，他多次以年高請求回鄉，十四年時上摺竟提出「以世宗遺詔許配享太廟，乞上一言為券。」即請乾隆寫一張保證書給他，皇帝雖不爽但仍頒布手詔賜之。

乾隆十五年皇長子永璜去世張廷玉又請求南歸，乾隆命令左右抄寫配享太廟諸臣名給張廷玉看，比之那些鞠躬盡瘁者，讓他自己看看有無配享太廟的資格，張廷玉惶恐上書請求罷免配享並治罪。高宗罷免其配享，但不予治罪。七月張廷玉又被親家案牽連，乾隆收回三代皇帝對他的一切賞賜。多年後他去世乾隆卻仍遵照其父遺詔讓他配享太廟。勒索皇帝怎麼會有好下場，這種嗟來食應食之無味。

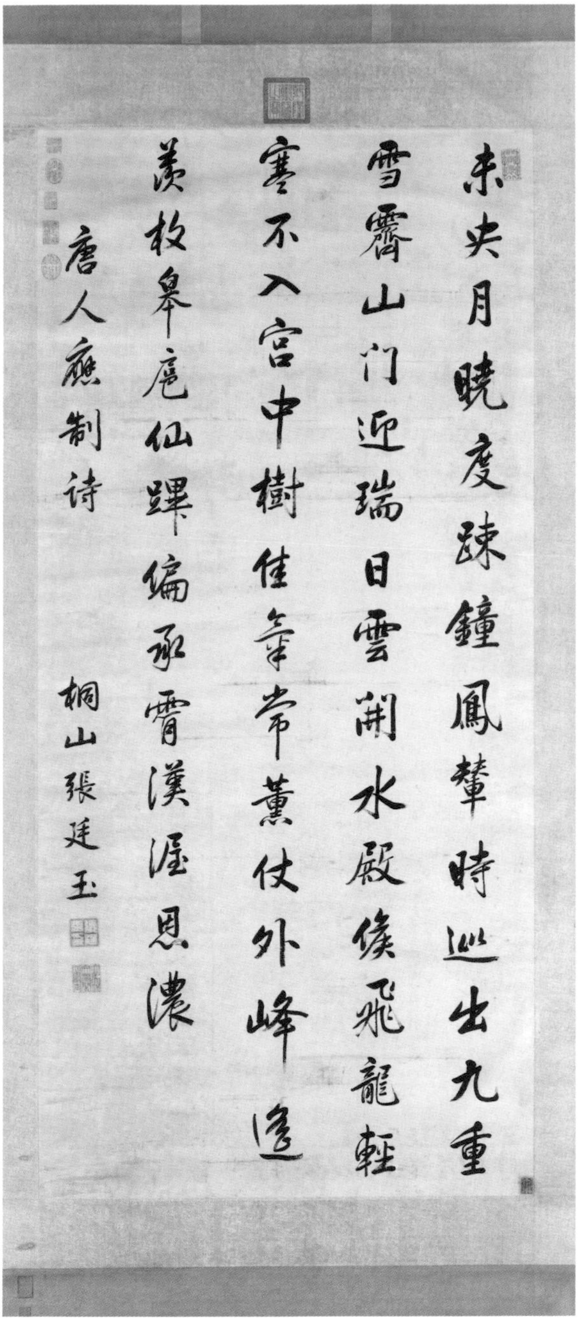

雍正遺詔的見證人：
右：康熙皇十七子果親王允禮畫像。
左：國立故宮博物院張廷玉書法。

咸福宮阿哥知道礙語

曹雪芹的資訊甚少，紅學界很重視一條皇十四子嫡孫永忠詩稿的線索，詩名〈因墨香得觀《紅樓夢》小說弔雪芹三絕句〉寫於乾隆三十三年，是曹雪芹為《紅樓夢》作者的明證之一。

詩題上又有弘旿題「此三章詩極妙。第《紅樓夢》非傳世小說，余聞之久矣！而終不欲一見，恐其中有礙語也。」紅學界對「礙語」所指為何，也有許多猜測。不了解弘旿背景，所有猜測都不會靠譜。

弘旿生於乾隆八年，是康熙最年幼皇廿四子允祕的次子。允祕生於康熙五十五年，雍正五年他十一歲時，因母親亦去世，雍正安置他在咸福宮生活，稱為咸福宮阿哥。

咸福宮是西六宮之一，雖東尊西卑，但型制上咸福宮屋頂較其餘西五宮永壽宮、長春宮、翊坤宮、儲秀宮及啟祥宮為高。

允祕雍正五年所入住咸福宮的正背後，就是弘曆同年婚後遷入的乾西二所，這一「宮」一「所」兩人地位高低分明。

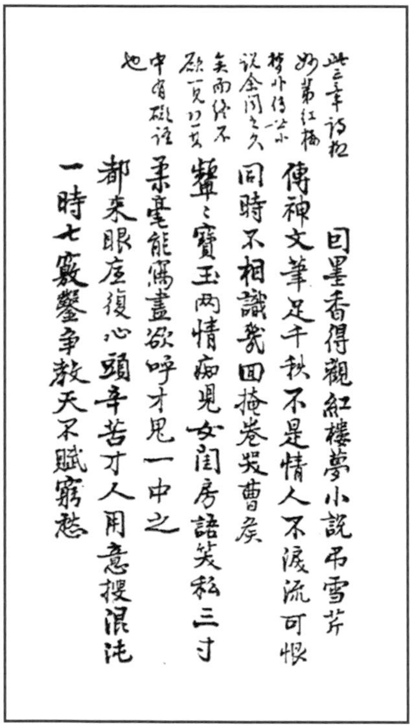
因墨香得觀紅樓夢小說弔雪芹
傳神文筆足千秋不是情人不淚流可恨
同時不相識幾回掩卷哭曹侯
顰顰寶玉兩情痴兒女閨房語笑私三寸
柔毫能寫盡欲呼才鬼一中之
都來眼底復心頭辛苦才人用意搜混沌
一時七竅鑿爭教天不賦窮愁

此三章詩極妙第紅樓夢非傳世小說余聞之久矣而終不欲一見恐其中有礙語也

允祕生日時，曾得賞賜有六成色淡金九兩，銀九百兩。此外，清宮檔案亦曾記載要為允祕新做弓套四個，共用金黃紡絲二尺，雍正對他的這個幼弟是十分照顧的。

雍正十年二月初十日，宮殿監督領侍總管陳福等傳旨：「將內大臣海望的女兒，指給咸福宮阿哥。其娶親之日以本年下半年為佳。」咸福宮阿哥成婚時，給其嫡福晉家準備的恩賞是配雕鞍的馬一匹、金十兩、銀七百兩，都按照郡王等級辦理。這樣婚禮的陣仗，遠遠超過當年親生兒子弘曆與弘晝，及允祕的廿一哥允禧三人一同的簡單婚禮。

雍正十一年正月初九諭旨「朕幼弟允祕秉心忠厚賦性和平，素為皇考之所鍾愛。數年以來，在宮中讀書，學識亦漸增長。朕心喜悅，著封親王。」不知是否沾了叔叔的光，這年二月初七弘曆、弘晝亦同時獲封，允祕稱和碩諴親王（諴音同咸、義同誠）。弘曆稱寶親王以及弘晝稱和親王。

允祕十一歲到十九歲之間，即雍正五年到十三年這段時間，與住在後面的鄰居弘曆，是全紫禁城住得最近、應該也最清楚弘曆家裡雞毛蒜皮、各種大小閒雜事的人了。

弘曆繼位後即遷入養心殿，諭旨提到將賜諴親王、和親王府邸，允祕在咸福宮一直住到乾隆二年閏九月，其王府完成。

右：紅學珍貴資訊永忠〈悼雪芹詩〉，及弘旿題《紅樓夢》中恐有礙語之句。
下：允祕雍正五年入住咸福宮。同年弘曆住的西二所前庭，可看到咸福宮尊貴的屋頂。

咸福宮——

允祕岳父海望在雍正指婚當時是從一品內大臣，為雍正生母孝恭仁皇后烏雅氏族侄，門第算是不錯。雍正即位後海望就開始在內務府任主事，負責瓷器、琺瑯燒製。雍正八年擢總管內務府大臣兼管戶部三庫，仍主持皇家器物燒製，次年，升內大臣仍繼續主持內務府瓷器、琺瑯燒製；清代琺瑯工藝精進他貢獻良多，是琺瑯達人。

琺瑯器物在《紅樓夢》中多次出現。第四十回有被劉姥姥誤為瓷器的琺瑯杯：「這裏鳳姐兒已帶著人擺設整齊，上面左右兩張榻……每榻前有兩張雕漆几……每人一把烏

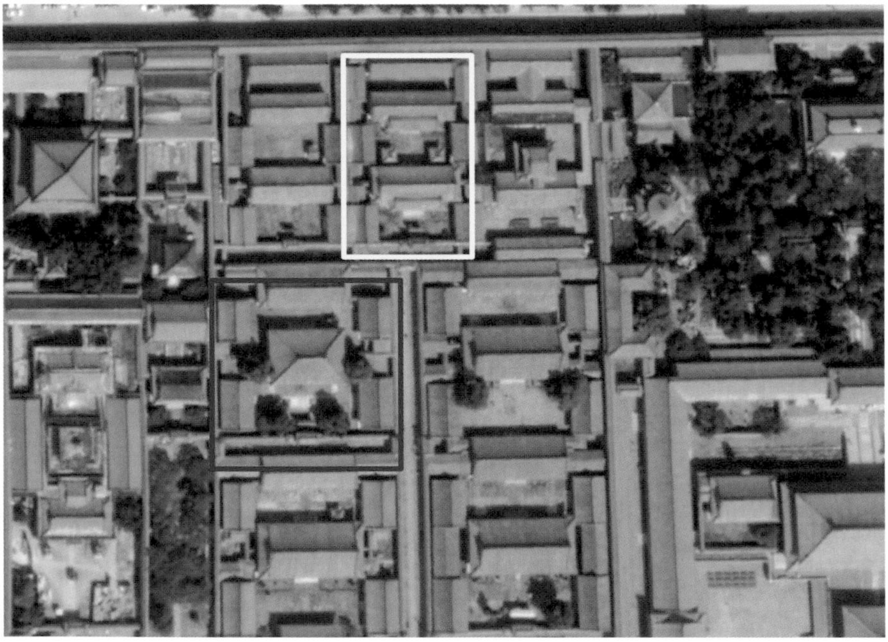

上：從建福宮可眺望，
咸福宮與重華宮各殿位置。
下：衛星圖上清晰可見
西二所黃框與咸福宮紅框鄰近。
左：為兩宮隔牆間甬道。

銀洋鏨自斟壺一個十錦琺瑯杯。」

五十三回〈寧國府除夕祭宗祠、榮國府元宵開夜宴〉中「尤氏上房早已襲地鋪滿紅氈，當地放著象鼻三足鰍沿鎏金琺瑯大火盆，正面炕上鋪著新猩紅氈，設著大紅彩繡雲龍捧壽的靠背引枕，外另有黑狐皮的袱子搭在上面，大白狐皮坐褥請賈母上去坐了。」

回末「兩邊大梁上，掛著一對聯三聚五玻璃芙蓉彩穗燈。每一席前豎一柄漆幹倒垂荷葉，葉上有燭信插著彩燭。這荷葉乃是鏨琺瑯的，活信可以扭轉，如今皆將荷葉扭轉向外，將燈影逼住全向外照……」。

火盆與荷葉燈這樣繁複華麗的琺瑯，乾隆年間才漸次開發出來，乾隆朝琺瑯受西洋畫影響在彩地上出現繪畫織綿紋或絲綢紋，花紋中添繪纏枝或圖案，稱為錦上添花。雖掐絲琺瑯明朝即有，但十錦琺瑯杯應在乾隆朝才會出現。

雍正四年八月十九皇帝旨意「此時燒的琺瑯活計粗糙花紋亦甚俗，嗣後爾等務必精細成造。欽此。」海望奉旨到九月廿五日持出琺瑯盤一件，奉旨「此盤外面淡紅地深紅色花樣畫得好，嗣後造琺瑯器皿照此盤套畫顏色，不拘深淺黃、藍、紅、綠，燒造幾件。欽此。」海望的精進，可看出琺瑯沿革。雍正也下旨郎世寧參與繪製，此時琺瑯彩瓷珍貴稀少，技術多年後才得控制。

雍正九年十一月廿四日：內務府總管海望持出，黑地琺瑯五彩流雲畫玉兔秋香鼻煙壺，為劃階段的精品（現存台北故宮博物院）。

雍正八年四月至十三年十月，燒造琺瑯碗等僅五百餘件。這些珍稀華麗的器皿僅屬宮廷上用，《紅樓夢》中雖大都為賈母出現的場合才擺出。但搭配出現的黑狐皮，據黃一農考證，黑狐皮非常珍貴，入關前只將黑狐皮賜給多爾袞、多鐸兄弟，使用這些數量極少宮廷用品在當時是「違制」的，一般人家幾乎不可能擁有，是否暗示了描述的場景原本就是大內。

海望更弔詭的事，跟琺瑯是沒有關係的。不知為何他成為雍正臨終前被召入內廷受命的七人之一，其餘六人都是重臣包括莊親王、果親王、鄂爾泰、張廷玉、訥親，及豐盛額。他們見證雍正遺詔及乾隆即位，這些人事後全都得到無比的恩典，豐盛額與海望原是內務府的庶務官員，竟也變成了軍機大臣。不但如此，海望與允祹、弘晝等人還辦理了大行皇帝的喪儀，儼然已成為重臣。到乾隆十年，他稱老辭去軍機處，仍任戶部尚書，於乾隆二十年去世。

他所知道的「秘密」看來並不會比他的女婿咸福宮阿哥少。像是雍正究竟是怎麼死的，頭顱有沒有被呂四娘切去等等。

乾隆時發展畫琺瑯，
劉姥姥誤以為是瓷器，
實是畫琺瑯杯。

右上：明掐絲琺瑯即景泰藍。
右下：海望雍正年間燒製
黑地琺瑯五彩流雲畫
玉兔秋香鼻煙壺
是劃時代精品。

乾隆登基後對允祕這位幼叔不怎麼親切，常因小事嚴懲罰俸。諭旨「諴親王自幼蒙皇考慈愛，今在宮中與朕兄弟同學讀書。乃王性耽安逸不知黽勉向學，以負皇考期望之意，屢煩聖心降旨訓飭，而王仍未悛改，皆朕所親見者。今朕仰體皇考愛弟之心何忍恝視，著選派翰林官二員為王師傅，用心教導務令學業有成。倘王仍前怠惰當竭力規勸教誡之若勸誡不從。即奏聞於朕。候朕降旨倘不能盡訓導之職又為王隱過，朕必於該翰林是問。」讓已成婚成年的允祕，仍必須苦讀詩書外，皇上還要親自督促考核功課。乾隆於八年十月初一日訓誡八旗子弟不知恪守舊章，允祕與弘晝皆因皇帝食肉未畢即放筷默坐，被斥。

允祕次子弘旿是有名的畫家，別號瑤華道人，對紅學界來說，他透露《紅樓夢》中有「礙語」最為重要，弘旿這個評語完全沒有針對詩句，而是對詩題所悼念者所著《紅樓夢》發表感言。

弘旿號瑤華道人為著名畫家。
右：弘旿畫〈松喬拱壽圖〉局部。
左：乾隆三十三年弘旿的畫作。
乾隆御題並珍藏於三希堂。
兩圖均藏台北故宮博物院。

永忠的詩寫於乾隆三十三年，弘旿批語約寫此後或更晚，弘旿父親允祕逝於乾隆卅八年，弘旿對《紅樓夢》一書既「聞之久矣」，相信他必從父親尚健在時，就聽到過不少弘曆不想人知道的「礙語」。

弘旿的「礙語」管道還不只有父親，他雖非嫡福晉烏雅氏所生，尊嫡的傳統海望仍是他的外公，外公去世時他已十二歲了，會不會直接或間接地，也聽到過一些些雍正死亡真相的「礙語」？這些小道消息在看得到《紅樓夢》手抄本的小圈圈內，自是傳說紛紜。

後記

弘旿聽到的礙語就算真的寫入書中，必也「礙」得非常含蓄，如作者所說「能解者方有心酸之淚，哭成此書。」及「蓋作者實因鶺鴒之悲，棠棣之威」多麼隱晦呀。棠棣花開相依連生而喻為兄弟，鶺鴒是鳥名，《詩經》棠棣篇，鶺鴒有難時兄弟相救，原文「兄弟鬩于牆」時仍會一起對外，但後世比喻為兄弟鬩牆不和。

曹家亦是深深籠罩在恐懼之中，多位皇子與曹家都有淵源，目睹允禔被拘禁、太子兩度被廢，從幽禁到死、允禎王位失之交臂、允禟、允禩、允祉被折磨而死，這種「鶺鴒之悲、棠棣之威」怎不深刻，確是只有「能解者才有的心酸之淚」。

毓慶宮裡的真寶玉

雍正九年九月那拉皇后去世，她生前霸氣地說不准弘曆、弘晝等無爵位者參與她的喪禮，然而她的去世，正是掃除了弘曆與帝位之間最大的一塊絆腳石。萬一雍正較她先死，那大位一定輪不到弘曆，極有可能在太后的懿命下，由她認為身分最尊貴的皇子，喪禮後為她齎冊寶（捧著皇后冊寶），上尊謚的理親王弘皙來繼承大統。

明永樂年為太子在現東華門外建東宮，滿清入關後多爾袞入住，他死後改為瑪哈噶喇廟。康熙十八年為太子胤礽在明奉慈殿基址上興建了毓慶宮，為太子寢宮。

毓慶宮穿過齋宮就是乾清宮，其位置遠比明朝東宮更為重要，可看出康熙對太子的重視，住在裡面的人身分與地位自然非比尋常。

康熙廿八年七月九日孝懿仁皇后獲封後一日病逝，爾後康熙朝不再有皇后，也就僅胤礽一位嫡子。胤礽嫡福晉瓜爾佳氏未育世子，側福晉李佳氏在卅三年的七月五日辰時所生次子弘皙，雖為側福晉生，因嫡福晉無子，康熙仍視為唯一嫡皇孫，甚是寵愛並扶養宮中。

康熙生前已有九十三個孫子，有一半他都沒見過，那些庶出皇子之庶出孫，例如康熙五十年出生的弘曆，到康熙六十一年三月他的父親胤禛邀皇帝到圓明園賞牡丹，弘曆才第一次見到祖父。雖然父子一再強調康熙多麼喜歡弘曆，與弘皙相比實是天差地別。

康熙四十七年與五十一年太子胤礽二度被廢黜，均禁錮在紫禁城西北角的咸安宮，此宮明代為皇太后或太妃居住，整體環境甚佳，於胤礽去世後，雍正六年一度改設八旗官學，乾隆十六年官學遷出，整修後稱壽安宮，恢復供太后妃居所。

一說曹雪芹曾入此官學學習，有資料顯示他曾任職於右翼宗學，在那裡結識了英親王阿濟格的五世孫敦誠與敦敏兄弟。

咸安宮面積兩千五百坪左右，前後分三進院落，東西各有跨院十分寬敞舒適，胤礽雖是被禁錮，但十三年的禁錮歲月中他也沒閒著，胤礽的妻妾包括四位側福晉、兩位庶福晉、三位妾及三位媵妾，一共替他又生八個兒子及七個女兒，看來康熙對他仍是相當寬容的。

紅框內建築為康熙十八年為太子胤礽所興建的毓慶宮，穿過齋宮是皇城核心乾清宮。

右：毓慶宮第一道宮門為前星門。
左：進前星門後。
是第二道宮門祥旭門。

因康熙遲遲未再立太子，胤礽的家人應仍有部分居住在毓慶宮。康熙五十七年胤礽嫡福晉去世，皇帝同年決定在距京二十餘里的昌平鄭家莊建行宮，其中屬行宮房間兩百九十九間、王府房間一百八十九間加上各項附屬設施，耗資高達二十七萬兩白銀。當時皇帝並無明旨此行宮之用途。

康熙多次強調他的嫡孫弘晳並未犯錯，據《朝鮮李朝實錄》記載使臣向國王彙報「皇長孫（弘晳）頗賢，難於廢立（胤礽）」或「太子胤礽之子甚賢，故不忍立他子」廢太子初期，朝中不時有人想為太子平反，漸漸這撥人轉而鼓吹改擁立仍屬嫡出的皇孫弘晳為繼承人。

康熙六十一年十一月十三日甲午戌時，皇帝在暢春園崩逝，這是有清一代極其渾沌不明的一天，清朝最大疑案就是這天雍正是否矯召奪嫡，真的是如遺詔所述「雍親王皇四子允禛人品貴重。深肖朕躬。必能克承大統。著繼朕登基、即皇帝

位。」嗎？或是雍正奪了他同母親弟皇十四子允禎的皇位，甚而有一說是奪了胤礽嫡子，當時廿九歲弘皙的皇位。

雍正宣詔嗣位公布他自己「深肖朕躬」說辭外，與弘皙相關的有極其詭譎的「嫡長孫弘皙得康熙鍾愛封和碩親王爵」這麼一條遺命。更弔詭的是第二天弘皙就被封為理郡王，同時諭內閣「貝勒允禩、十三阿哥允祥、俱封為親王。」三人都是跳級晉封，特別是弘字輩，弘皙是第一個獲封，雍正此時親生兒子十八歲的弘時、十二歲的弘曆與弘晝，及兩歲的弘晟（福惠）四人則是什麼都沒有。

十二月十一日「貝勒允禩為和碩廉親王、十三阿哥允祥為和碩怡親王、貝子允祹為多羅履郡王、二阿哥子弘皙為多羅理郡王。」

雍正似也不是真心誠意遵從康熙遺命愛護弘皙，雍正元年五月，雍正說鄭家莊行宮的府邸，康熙可能是為安置胤礽一大家子而建，順水就把理郡王弘皙一家遷得遠遠。同時恢復弘皙生母李佳氏因太子被廢剝奪的側福晉身分，讓她在鄭家莊郡王府中安心度日。弘皙儘管位高但並未被委派重任，除了例行的會面，也只是一些禮儀性活動。上諭「鄭家莊離京二十餘里，升殿之日理郡王聽傳來京，每月朝會一次、射箭一次。」

雍正二年十二月胤礽在咸安宮去世，雍正令喪儀按親王禮制並諡號「密」，遠超過當時被禁錮已剝奪一切身分的皇子，可說是讓弘皙面子十足。

雍正六年五月，又晉理郡王弘皙為和碩理親王，成為同輩中爵位最高者。弘皙也很識相，平時在鄭家莊安分守己恪遵「聽傳來京」，亦於奏摺中稱呼雍正「皇父」。這些風光雖是表面，看在雍正親子弘曆的眼中，應該仍是不甚好受。

雖有些史書記載雍正即位後弘曆即入住毓慶宮，這是有疑義的。雍正當時小心翼翼，應不會讓沒有身分的弘曆住進萬眾矚目的東宮，極討厭弘曆的皇后更是不會同意。況雍正當時最寵愛的是福惠，還在宮中撫養一些胤礽的幼齡子女均收養為義子女，包括有弘晭、弘晥、永璥、和碩淑慎公主，毓慶宮即使空出來也不一定輪得到弘曆去住。

雖嘉慶〈毓慶宮述事〉詩提到皇考與和親王年輕時曾住過此宮，惟弘曆有無數首描述獅子園或草房的詩，卻沒有一首懷念過毓慶宮。

右：毓慶宮正面。
左：惇本殿。

雍正五年七月弘曆成婚，身上仍是連一個貝子的小封號都沒有，他婚後被分配居住到西二所。西二所在紫禁城最後一進，屬東西五所一整排的十個院落中的一小間，先不說「所」稱不上「宮」，跟毓慶宮相比起來，是「冷宮」級別。

雍正八年六月廿六日弘曆嫡福晉富察氏生下皇孫，雍正親自命名為永璉，這充滿期許與暗示的名字，更因兩年前福惠已去世，使弘曆與大位的距離漸漸接近了。

雍正十一年春夏間，皇帝在宮中舉辦歷時半年的法會，並親自宏揚佛法。經指引而證道收為門徒共計十四人。這十四人中沒有弘晳，表示他已在權力核心之外。

除自號圓明居士的雍正外，還有皇十六弟允祿號愛月居士、十七弟允禮號自得居士、皇子弘曆號長春居士、弘晝號旭日居士、多羅郡王福彭號如心居士；大學士鄂爾泰號坦然居士、張廷玉號澄懷居士、左都御史張照號得意居士。文覺禪師元

信雪鴻及悟修禪師明慧楚雲、超善若水、超鼎玉鉉、超盛如川四位僧人。唯一的一位羽士，則是妙正真人婁近垣。

雍正十三年九月初三，新皇即位以明年為乾隆元年，弘曆終於苦盡甘來了。皇帝登基後，他自己親叔叔允禎被釋放出來後就十分上路，將他乾隆元年出生的嫡孫命名「永忠」向皇帝明心志。

但乾隆認為不是所有皇族宗室都對他的繼位心服口服，尤其對弘皙更是疑神疑鬼。四年九月，先以莫須有的罪名將恆親王允祺世子弘昇革職，並押解到京來細細盤問，到十月時宗人府就查出莊親王允祿、怡親王允祥長子貝勒弘昌、四子寧郡王弘晈結合「嫡皇孫」理親王弘皙「私相交結、往來詭秘」。

因為沒有確切的罪證，只好將弘皙計畫要送乾隆鵝黃肩輿生日禮，羅織為若皇帝不收，他就別有居心要留為自用，且處處「自以為舊日東宮嫡子，居心甚不可問。」為由革掉親王爵位，雖然那時他已遷離毓慶宮十七年了。

未久又有個小咖福寧出面首告弘皙，所述駭人聽聞事涉逆案，原已平息的風波在十二月時再起，這次交由平郡王福彭審訊，竟然發現有一名為安泰的巫師經常出入理親王府，鬼鬼祟祟起壇降靈，弘皙問的問題更敏感「準噶爾能否到京？天下太平與否？皇上壽算如何？將來我還升騰否？」翻譯成白話是朝廷心腹之患的準噶爾還會不會來犯，會讓天下不安嗎？乾隆皇帝還能活多久？我還有機會更上層樓嗎？

這些問題若不是叛逆？那什麼才是叛逆？原先革爵位禁足鄭家莊的處分當然不夠，因為這些言行是該判絞立決的。

乾隆十分寬大地說「朕總念伊係皇祖聖祖皇帝之孫，若革宗室、置之重典，於心實有不忍。」除革爵外，黜去宗室，改名為四十六，永遠圈禁在景山東菓園，每日凝視著可望不可及的紫禁城。乾隆七年九月廿八日，弘皙鬱鬱而終享年四十九歲，無謚。

此後，乾隆可無憂無慮地述說他與康熙的祖孫情深。乾隆並改建毓慶宮，他的皇子都曾居住過，後成為他當太上皇時的居所，終於一圓東宮嫡子之夢。

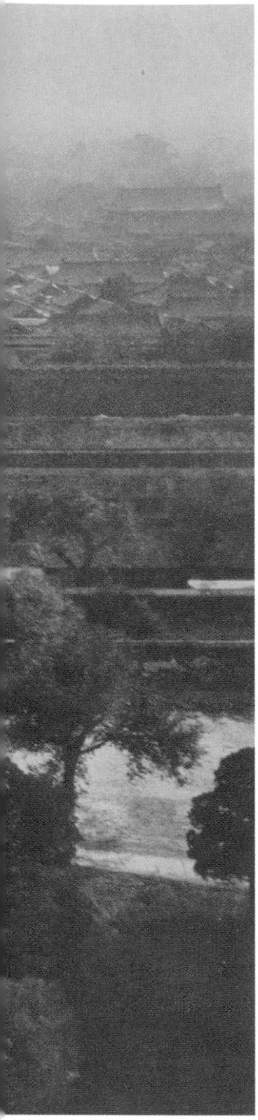

上：遙想弘皙當年是從景山通過神武門看到可望不可及的紫禁城。
左：從紫禁城回看景山，是不同的兩個世界。

向過去告別

乾隆四年底，弘曆開始懲治堂兄弘晳，僅幾個月「真寶玉」就被革職，削爵，改名四十六並永遠圈禁在景山。掃除了心中最大的一片陰影，弘曆決定開始着手對潛邸西二所改造，徹底湮滅自己「不稱頭」的歷史，向過去告別。

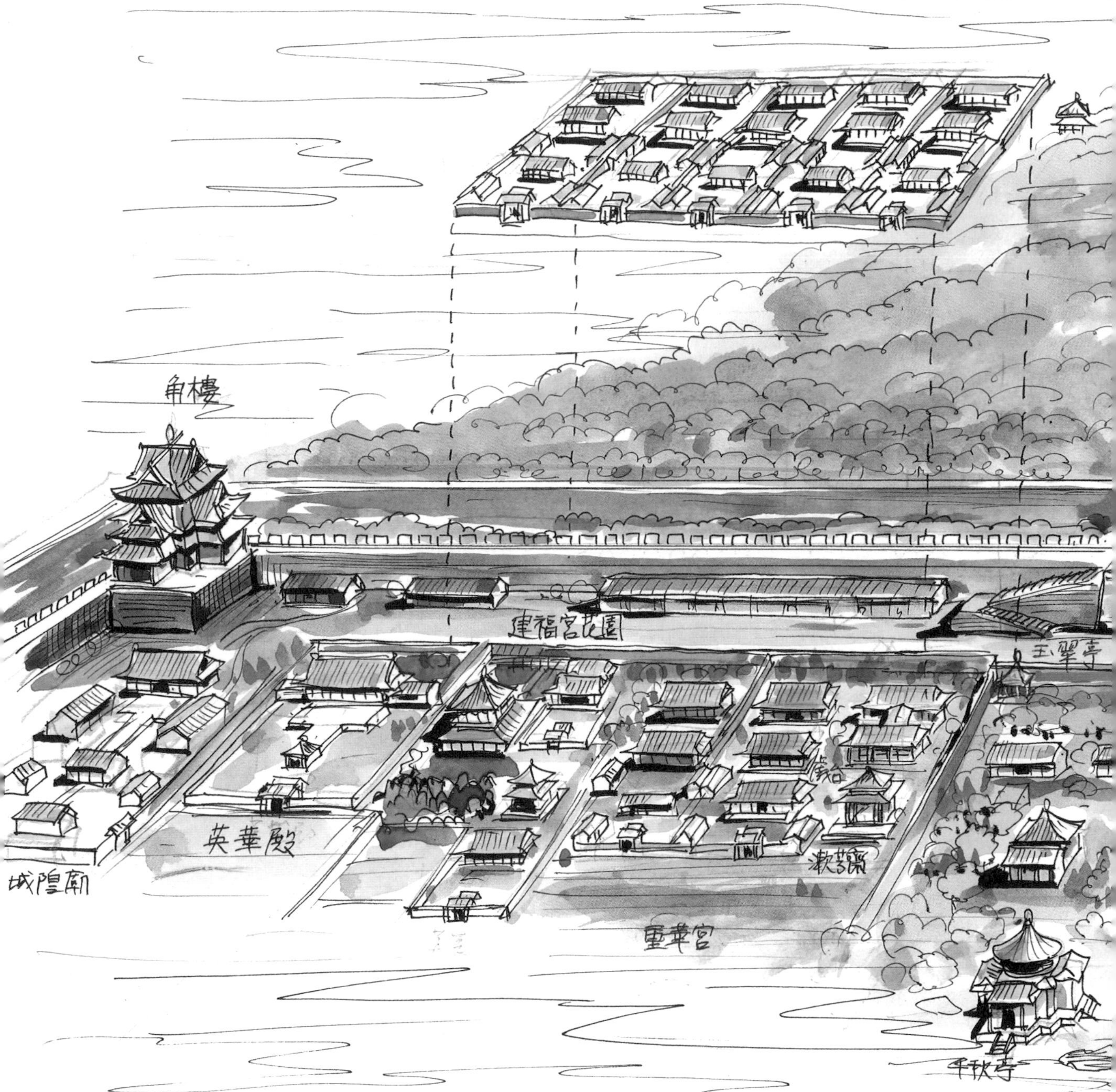
角樓
建福宮花園
玉翠亭
英華殿
城隍廟
戲台
漱芳齋
重華宮
千秋亭

東五所與西五所在紫禁城最後一進，在明代是給未能升為嬪妃的宮女子居住，她們地位可能只比宮女高一點點。天啟年間明熹宗的乳母客氏曾在此居住過，後來奇奇怪怪地她被封為奉聖夫人，竟搬進太后太妃們居住的咸安宮。

清代東西五所成為一些生母身分較低的皇子、公主的居所。其位置背後隔一條甬道是皇城牆，牆外是護城河。若以大戶人家宅第的配置來說，這裡是後門內，一般都設置下人房、廚房或柴房雜物間。

弘曆婚後賜居西二所，即位後作為肇祥之地，必須提升為「宮」。大學士張廷玉及鄂爾泰負責要為這個「宮」找一個好名字。兩位能臣引《尚書舜典》孔穎達疏「此舜能繼堯，重其文德之光華。」擬「重華宮」之名。意在頌揚乾隆有舜之德，繼位如舜繼堯名正言順，且能使國家如同堯舜之治，這種溢美之詞當然頗合乾隆心意，無比歡欣。乾隆特別以青玉製作了〈御製重華宮記〉玉冊。

晚年新正在重華宮做詩尚有「避名毓慶聖恩淵」之句，說當年雍正不讓他住毓慶宮是怕他捲入是非。

前頁：李乾朗教授特別為本書描繪西五所變化為重華宮、建福宮及花園的想像圖，如大觀園的變身。
本頁：西頭所、二所合併後的重華宮門。

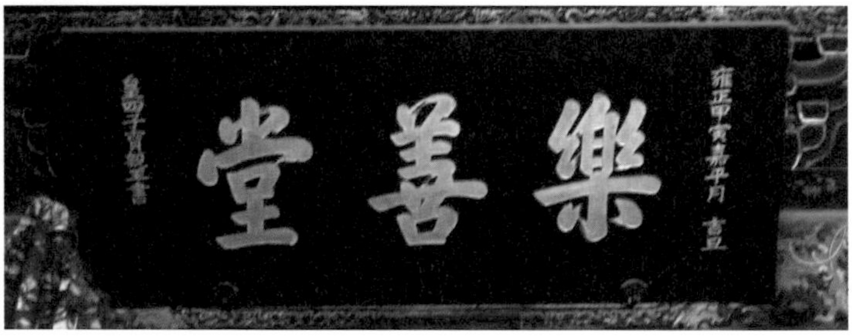

重華宮位置雖偏遠一點，但《易經》卦西北屬於「乾」卦，且「乾為天」，地理上有尊貴的本質，概稱「乾西二所」，況爻辭九五「飛龍在天」合九五之尊，弘曆以「乾隆」為年號，用「乾」卦有彰顯其大位得之在天，立意明確。

只改成「宮」名，當然不能讓西二所改變「麻雀」的本質，需一個完整的區域規劃，一口氣轉換整個西五所。頭所改建為供皇帝休息及舉行宴會的地方，起名「漱芳齋」與二所合併升格為重華宮。西三所則改為重華宮小廚房，供應家宴時特殊精緻餐食。漱芳齋內設戲臺，供皇帝重華宮家宴時娛樂。西四、西五兩所則全部拆掉，合併改建成建福宮及建福宮花園，從而徹底改變了西五所的原有格局，自此變成了「鳳凰」。

自《紅樓夢》問世以來，大家天南地北地找大觀園的原型，富察明義認為「曹子雪芹出所撰《紅樓夢》……謂大觀園者，即今隨園故址……」

右上：重華宮前殿崇敬殿。
右下：崇敬殿內樂善堂，有弘曆剛封寶親王時題匾。
左上：重華宮本殿與崇敬殿間中庭。
左下：重華宮東配殿葆中殿。

袁枚亦認同，以「中有所謂大觀園者即余之隨園。」裕瑞及胡適均因隨園原主人隋赫德接任江寧織造而背書此一說法，胡適《紅樓夢考證》以「大觀園即隨園。我們考隨園的歷史，可以信此話不假。」

隋園是否為隋赫德接受曹家家產不得而知，其任期僅四年，袁枚看到隋園是園傾頹弛百卉蕪謝，經過其三度大整建完成於乾隆三十三年，雪芹已逝多年無緣知曉園中勝景。

大觀園亦有清漪園（頤和園前身具規模在乾隆廿九年後）、圓明園及恭王府花園等各種推測，不是年代不對，就是格局不符。十六回描述大觀園有這麼一段文字：

「先令匠人拆寧府會芳園牆垣樓閣，直接入榮府東大院中，榮府東邊所有下人一帶群房盡已拆去。……會芳園本是從北角牆下引來一股活水，今亦無煩再引。其山石樹木雖不敷用，賈赦住的乃是榮府舊園，其中竹樹山石以及亭榭欄杆等物，皆可挪就前來……」

整個北京僅皇城准引入活水，唯一例外是康熙特賜明珠家，園內建了現仍存的「恩波亭」紀念。

大觀園是在紫禁城嗎？大觀園是從榮寧兩府中間切入，拆了不重要的舊房舍，改建成貴妃省親的尊貴花園建築群。這樣的過程，卻也神似乾隆四年拆了紫禁城西五所，這皇城中不重要的院落，再予以大肆地華麗變身，替偏僻不重要的西北城角，增添榮華。

紫禁城由北邊神武門進入後，中間是御花園，兩邊東西五所，如同東西二府。所稱榮府東邊實是西府東側，如同西五所的頭所一帶，書中稱是下人房位置。描述如下：

進入石洞，只見佳木蘢蔥，奇花爛熳，一帶清流，從花木深處瀉於石隙之下檻……俯而視之但見青溪瀉玉，石磴穿雲……有一客道「是『瀉玉』二字妙。」賈政因叫寶玉也擬一個來。寶玉回道：「用『瀉玉』二字則不若『沁芳』二字，豈不新雅？」賈政聽了點頭微笑。

頭所緊鄰御花園除與妙玉相關的玉翠亭及欽安殿，內有五龍捧聖銅絲罩宣石海燈，《紅樓夢》第四十回及五十三回有「單瓣水仙點著宣石」及「點著宣石布滿青苔的小盆景」不無巧合。

頭所內「漱芳齋」，與大觀園入口一帶的「沁芳」又雷同。

但弘曆只注意改西五所，忘了東五所仍保留原貌，成為變馬車前原是南瓜的見證。乾隆三十九年時才又略略將東三、四所裝修拆挪至東頭、二所修繕，成為皇十五子永琰成婚後居住，改變並不是很大。

上：紫禁城護城河為引玉泉山泉，匯入北海後再到紫禁城，最後入通惠河之活水。
下：明珠舊宅現為宋慶齡故居，有「恩波亭」感恩准引活水。

中國建築以屋頂表示尊卑，最尊貴為重簷廡殿（太和殿、乾清宮）依次為重簷歇山頂（太和門、保和殿）、單簷廡殿頂、單簷歇山頂。

再其次的懸山頂與硬山頂，皆為六品以下官吏。或平民住宅的正堂所用。東西五所肇建之初，正殿均僅為硬山頂，可見其品級不高。重華宮改建後，第一進的崇敬殿當然改為歇山頂，漱芳齋前殿也是歇山頂，但後進的宮殿及配殿，可能無從改起，仍都保留了硬山頂。

建福宮及花園係拆除西四、西五兩所的舊建築重建，當然屋頂可自由發揮，所以有卷棚頂、三開間歇山樓、重檐四角攢尖式頂等等，各式各樣華麗建築在其內。

上：建福宮花園看重華宮。
左上：乾隆十五年地圖東五所，推測西五所改建前的配置。
左下：衛星照片上的重華宮及建福宮群落，已脫胎換骨。

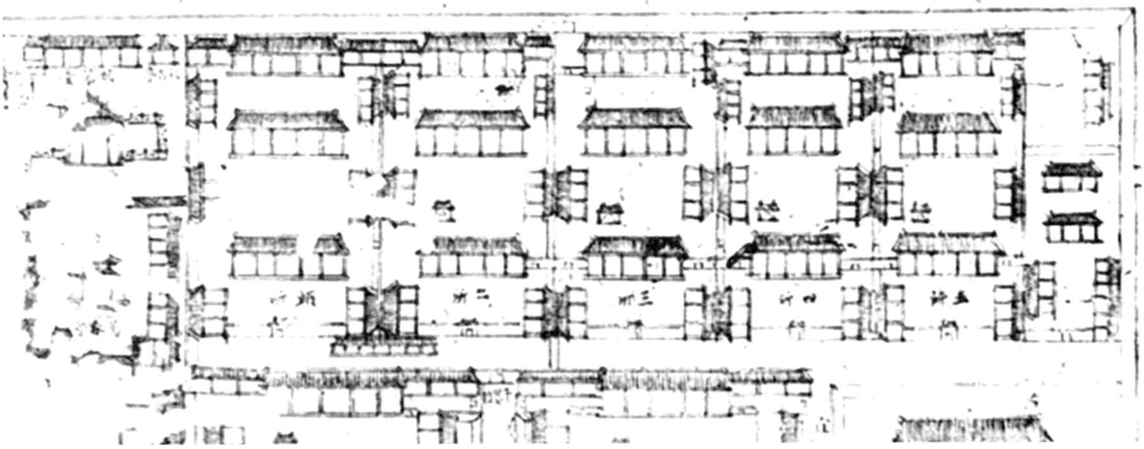

建福宮為原西四所再往南擴充的一系列建築。上：右邊樹叢後的卷棚黃琉璃綠剪邊頂即建福宮，南有撫辰殿及建福門、中間重檐攢尖式頂上覆紫色琉璃瓦孔雀藍剪邊，白石須彌座台基為惠風亭，均在原西四所範圍外。亭北是一殿一卷垂花門稱存性門，此門為綠琉璃瓦黃剪邊卷棚頂通往靜怡軒。

建福宮為西四所再往南延伸，由建福門進入，有撫辰殿、靜怡軒與慧曜樓一系列建築為主，並有亭臺迴廊連結。

花園以西五所為基礎，中央為高聳的延春閣，北側西端主要建築為敬勝齋、東為吉雲樓。西側由北往南主要建築是碧琳館及凝暉堂，南面是假山花園，有玉壺冰及積翠亭以遊廊相連，高低錯落，配有山石樹木。全區集合宮殿、樓閣、齋、堂、亭、軒於一體。若說是大觀園的原型，也非全然幻想杜撰。

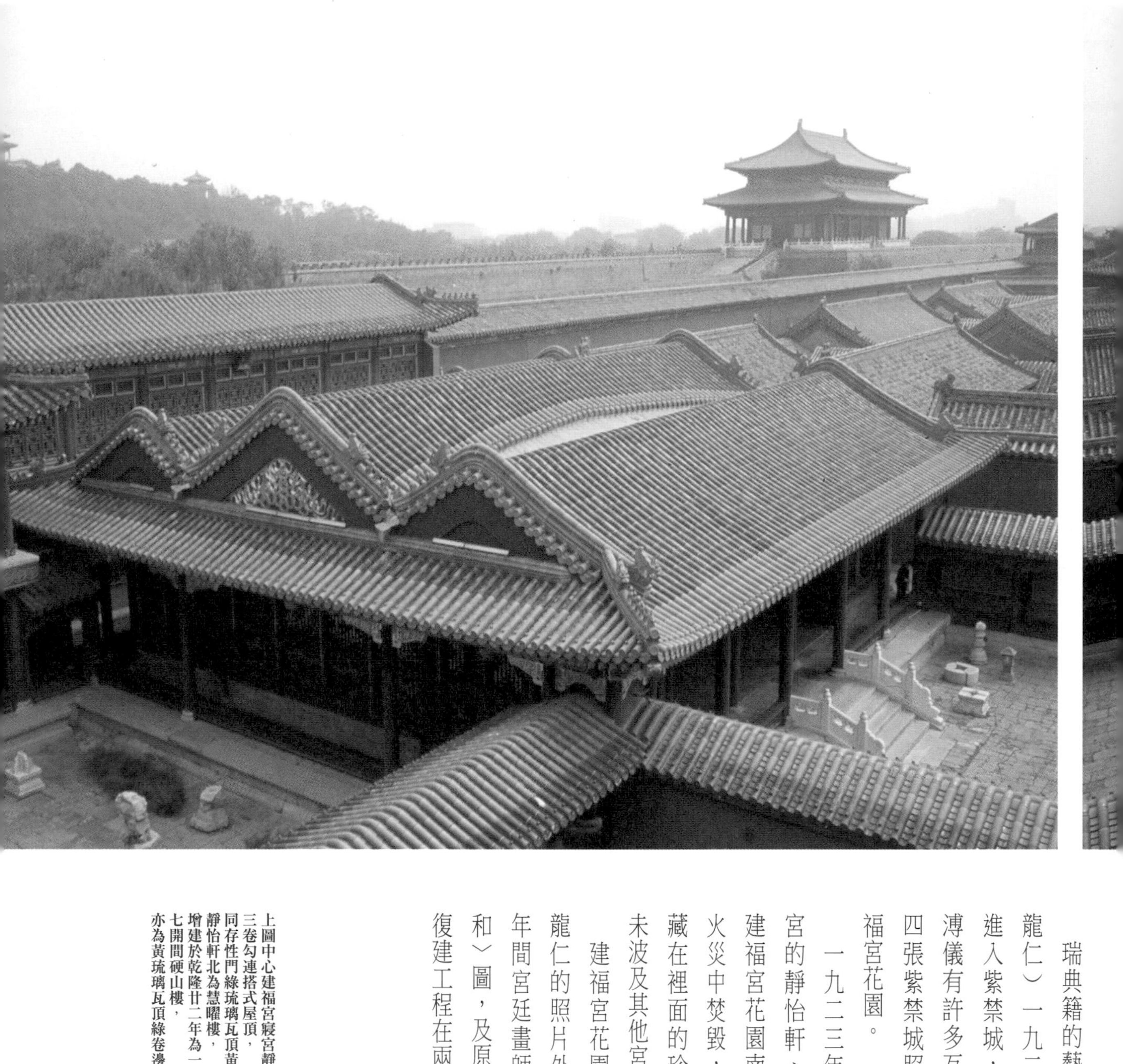

瑞典籍的藝術家 **Osvald Sirén**（喜龍仁）一九二二年獲北洋政府准許進入紫禁城，並與當時尚未遷出的溥儀有許多互動，共拍攝二百七十四張紫禁城照片，其中有幾張是建福宮花園。

一九二三年十一月廿五日，建福宮的靜怡軒、延春閣、敬勝齋以及建福宮花園南側的中正殿等建築在火災中焚毀，花園亭台樓閣連同收藏在裡面的珍寶悉數變為灰燼，幸未波及其他宮殿。

建福宮花園整建時，除了參考喜龍仁的照片外，最重要是依據乾隆年間宮廷畫師丁觀鵬的〈畫太簇始和〉圖，及原來「樣式雷」的圖樣，復建工程在兩千零六年五月竣工。

上圖中心建福宮寢宮靜怡軒，三卷勾連搭式屋頂，同存性門綠琉璃瓦頂黃剪邊。靜怡軒北為慧曜樓，增建於乾隆廿二年為一佛樓，七開間硬山樓，亦為黃琉璃瓦頂綠卷邊。

右頁上：重建的吉雲樓。
右頁下：右為重建前喜龍仁所攝敬勝齋，及重建後（左）。
左頁：丁觀鵬繪〈畫太簇始和圖〉，延春閣、吉雲樓，敬勝齋均入畫。

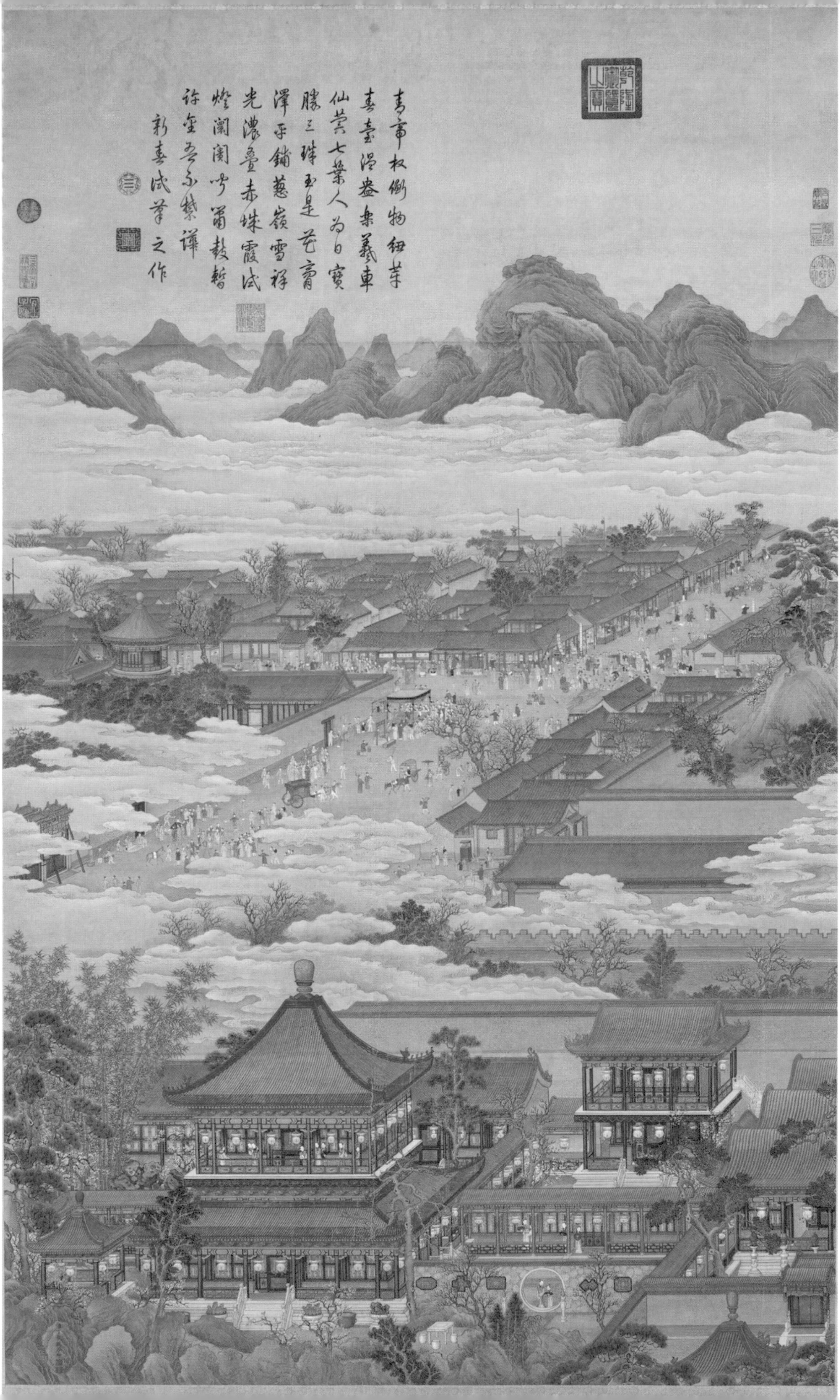

龍鳳

乾隆與紅樓夢

歷史小說家高陽〈曹雪芹以元妃影射平郡王福彭考〉一文，首先提出《紅樓夢》成書與曹寅外孫平郡王福彭關係密切。

愛新覺羅福彭是努爾哈赤次子代善的六世孫，他的母親是曹寅女兒曹佳氏。經康熙指婚，嫁予鑲紅旗鐵帽子王納爾蘇。這個歷史的真實對曹家及曹雪芹，包括《紅樓夢》創作有一定的影響。元妃顯然會有曹佳氏的影子，大多數紅迷則認為，福彭應該是影射書中的北靜王。

事實上，福彭是乾隆為皇子時期極少數摯友，高陽指出《紅樓夢》第十六回〈賈元春才選鳳藻宮〉回目中所謂「鳳藻」是指宰相文筆，乾隆即位後福彭與允祿等協辦總理事務其權位即等同宰相，認為元妃的原型就是福彭。

高陽推測因福彭與乾隆自幼交密，雍正「黜父用子為嗣君預存輔弼」，並深信乾隆生母為熱河行宮宮女，與福彭母曹佳氏同屬出生低微的漢人包衣女子，因而自幼相互照顧。這些假設與推論雖是大有問題，高陽無異仍是開啟了研究《紅樓夢》另一扇窗，將乾隆抬上紅樓舞台。

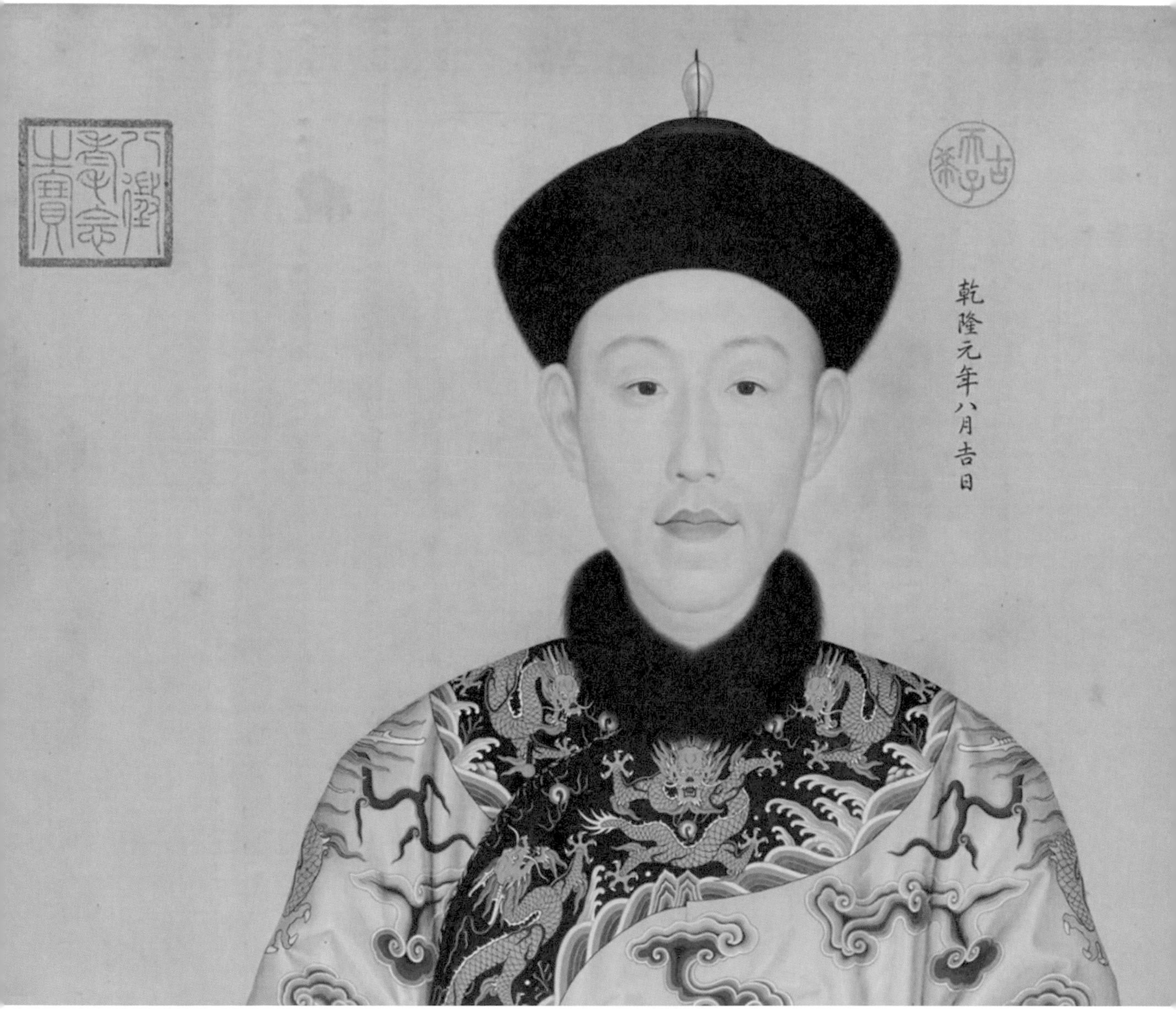
乾隆元年八月吉日

龍翰鳳藻

雍正四年七月，剛過十八歲生日的福彭，因他父親納爾蘇獲罪被罷黜，提前承襲了平郡王爵位，開始光明燦爛的人生。

雍正八年，弘曆把平日詩文輯成《樂善堂集》，邀請福彭為此書寫序，中有「內廷得侍皇四子朝夕講貫」句，兩人相識時，弘曆的頭銜就僅僅只有「皇四子」。

這本詩集於乾隆二年十二月加收錄雍正八年後詩文刻成《樂善堂全集》刊印。收錄雍正十一年八月弘曆〈送定邊大將軍平郡王西征序〉一文，透露了福彭與康、雍、乾三帝的奇特際遇。

文中「雍正六年皇父特命王同我兄弟讀書內廷，以培其才……我與王敬業樂群者六年於茲……」弘曆應是在雍正六年才初次見到福彭，到寫此文時相交約六年。兩人初見時福彭已襲平郡王爵位貴為鐵帽子王，這年已結婚生子的弘曆連個起碼的貝子都尚未獲封。

弘曆文第一段認為滿清得以強盛在於「英藩良弼」，福彭正是這樣的王室棟梁。確實中國歷代，沒有一朝如清初皇親國戚人才濟濟，接著寫「贊我王室式闢四方，若川有舟實共濟之，若木有本實枝幹之……隆古以來，懿親之宣力未有若斯之盛也。」稱讚禮親王代善，因為福彭是他的後代。

代善這個與《紅樓夢》中賈寶玉祖父同名的人，對皇太極及順治父子只有即位爭議時的「喬」功、沒有戰功。真的替朝廷打天下，滿清得入關問鼎中原，實是睿親王多爾袞、與其同母弟豫親王多鐸及其同母兄英親王阿濟格。

文中透露福彭「幼而侍聖祖仁皇帝，宮中躬承恩眷。」即康熙五十七年入宮，接著寫到「我皇父臨御

福彭先祖是努爾哈赤次子代善，賈寶玉祖父的名字。

凡事皆仰體聖祖之心，衹承勿替，況在宗藩……而王以孫枝之近眷顧尤隆。」福彭在康熙去世後繼續被雍正重用，繼續被「眷顧」是因為雍正「仰體」康熙心意。事實上雍正所作所為，大都是違背他父親心意的，而弘曆替他皇父「撇清」似僅有「越描越黑」的效果。說到「孫枝之近」，福彭雖同屬愛新覺羅家族，但一點都不「近」。雍正的曾祖父皇太極與福彭的高曾祖父代善雖是兄弟亦並非同母，與福彭一起被接到宮中眷顧的弘明與弘暟，才是雍正同母嫡親胞弟胤禎的第二與第四子，真正的親侄兒。

　　但弘暟得到他親伯父雍正的「眷顧」，是在雍正四年與父親一起被囚禁在景山後的壽皇殿側。他哥哥弘明大約婚後即分府居住，不再留住宮中，雍正在位期間，弘明並無任何功名。只有素不為胤禎喜歡的長子弘春，因「詆毀父親」的配合度高，被雍正封了鎮國公。此一鎮國公頭銜較之福彭的鐵帽子郡王，差了好幾個檔次，弘明的貝勒爵位是到乾隆即位後才受封的。弘曆編謅的理由，看之岸然實則不通。

　　根據《樂善堂全集》中弘曆另一篇〈送平郡王奉命往盛京修理福陵前河道序〉，引用雍正八年詔書內容「朕萬幾事重不能親往經理，惟是平郡王福彭小心畏慎克當斯任，其代朕以行。」福彭可以代表雍正前往盛京整修努爾哈赤陵寢前的水道，康熙年間這類重要的工作都是

由康熙的皇子們前去，雖然雍正較年長的皇三子弘時三年前已逝，弘曆此時雖無任何爵位也已十九近二十歲了，此外雍正還有只比弘曆小幾個月的皇五子弘晝。這麼重要任務竟是由福彭擔當，可見他在雍正心目中的分量。

弘曆沒提到福彭還有兩個非常特殊的短暫經歷。雍正十一年二月他擔任兩個月的玉牒館總裁，到四月則進入了軍機處。玉牒館是存放所有皇室成員宗譜的地方，高陽提到福彭擔當玉牒館總裁後就高升為軍機大臣，必是立了大功。他認為福彭是幫弘曆改玉牒，將生母部分篡改為「熹妃鈕祜祿氏」。雖此一推測毫無根據，仍有些清史專家認為高陽的推測還不算太離譜，因為乾隆生母是誰確實是清宮大謎。

軍機處為雍正所首創，辦公地點就在皇帝正寢養心殿牆外，原為朝夕處理皇帝親自交辦西北用兵緊急事項，並提供皇帝策略所在。爾後軍機處成為清朝權力核心。福彭原來就是天潢貴冑、此時更成為皇帝重臣，福彭入軍機處未久就發表為定邊大將軍，率師討噶爾丹策零。這個當年才設的職位是清代最高的軍職，年羹堯四十五歲與岳鍾琪四十歲時才擔任。福彭這年廿五歲，可說年紀輕輕就已權傾一時了。

此時弘曆繼位的障礙大抵都已掃除，聲勢如日中天，福彭西征臨行有準儲君剛封的寶親王撰文「王器量寬宏，才德優良，在書室中與之論文每每知大意，而與言政事，則若貫驪珠而析鴻毛也……」不但送行到百里之外清河還賦詩三首贈別。

宗翰臨戎劍氣寒，
來廷屈指覲呼韓。
秋風攢拂征人面，
馬上何須迴首看。
溶溶碧水向東流，
戎馬催程敢重留。
莫把渭城新曲子，
翻成水調唱涼州。
武略文韜藉指揮，
書齋倍覺有光輝。
六年此日清河畔，
君作行人我獨歸。

此役戰功彪炳可算是福彭個人事業的高峰，次年他被召回，雍正十三年又奉派出征，直到八月雍正突然去世，他緊急回京勤王。乾隆即位後福彭協辦總理事務，高陽指出《紅樓夢》第十六回〈賈元春才選鳳藻宮〉中所謂「鳳藻」是指宰相文筆，福彭與允祿協辦總理事務其權位即等同宰相。

上：雍正為掌握西北戰情設軍機處，建在養心殿皇帝正寢門外，是清代權力核心。

紅豆相思

《紅樓夢》中有三位與賈寶玉相知相惜的美男子秦鍾、蔣玉菡與北靜王，這三人分別是窮親戚、優伶與王族，雖身分地位懸殊，但賈寶玉對他們的關愛之情無分軒輊。

廿八回〈蔣玉菡情贈茜香蘿〉敘述賈寶玉在馮紫英所設宴席上，初次見到唱小旦的蔣玉菡。書中大尺度描述著「寶玉見他嫵媚溫柔，心中十分留戀，便緊緊的攥著他的手叫他『也是你們貴班中有一個叫琪官兒的，他如今名馳天下，可惜我獨無緣一見！』蔣玉菡笑道：『就

滴不盡相思血淚拋紅豆，
開不完春柳春花滿畫樓，
睡不穩紗窗風雨黃昏後，
忘不了新愁與舊愁，
咽不下玉粒金蓴噎滿喉，
照不見菱花鏡裏形容瘦。
展不開的眉頭，
捱不明的更漏。
呀！恰便似遮不住的青山隱隱，
流不斷的綠水悠悠。

是我的小名兒。』」寶玉將一玉玦扇墜相贈，琪官為聊表「一點親熱之意」將北靜王送紅汗巾子遞給寶玉，同時說道「二爺請把自己繫的解下來給我繫著。」兩人私下互贈信物前，在酒席上已經藉著酒令表了衷情。

寶玉所訂行酒令的題目及規則是「要說悲、愁、喜、樂四字，卻要說出女兒來……」他自己所作為：

悲—青春已大守空閨。
愁—悔教夫婿覓封侯。
喜—對鏡晨妝顏色美。
樂—鞦韆架上春衫薄。

可喜你天生成百媚嬌，
恰便似活神仙離碧霄。
度青春，年正小；
配鸞鳳，真也著。
呀！看天河正高，
聽譙樓鼓敲，
剔銀燈同入鴛幃悄。

以寶玉生活經驗，少女「喜樂」對鏡晨妝或穿著薄薄春衫盪鞦韆的描述都是熟悉的。但「悲愁」句的情景，是獨守空閨的少婦，後悔勸夫婿為權位而遠戍，並不是他的心境，他大可春殘葬花秋雨悲秋，集書中細膩描述林黛玉的愁來對。

這個遠戍的「愁」倒是與寶親王的心境相似，他曾寫下許多「思念福彭出征」的詩，其一即為雍正十一年冬日的〈冬夜憶平郡王〉，述說在冬夜裡，雖身在有熏香爐的暖閣中，仍想念著遠在邊塞苦寒中的福彭，獨自剪燭的冷夜難挨，是否能約略地描述賈寶玉作的「悲」與「愁」呢？

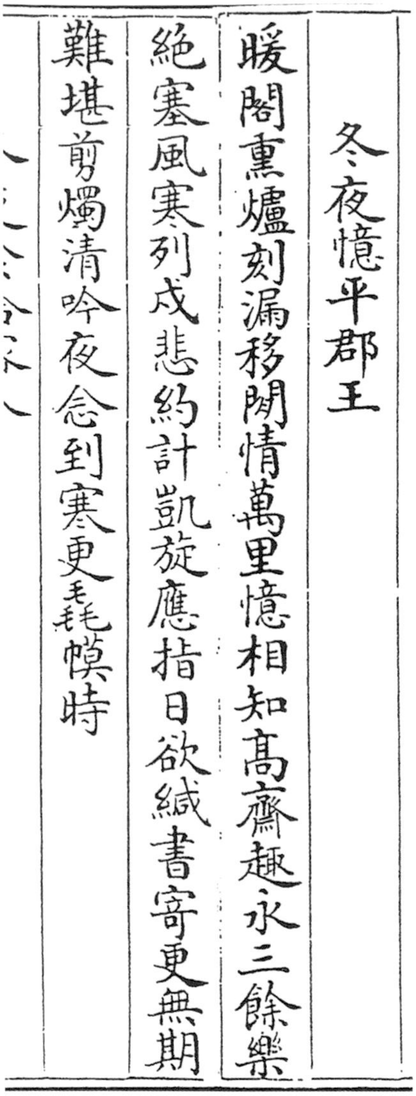
冬夜憶平郡王
暖閣熏爐刻漏移閒情萬里憶相知高齋趣永三餘樂
絕塞風寒列戍悲約計凱旋應指日欲緘書寄更無期
難堪剪燭清吟夜念到寒更毳幌時

次年福彭仍在邊塞，詩附註是癸丑年八月三日，平郡王奉命西征。

徘徊倚石欄，閑望抒清吟。
卻憶昨年秋，今夕選知音。
邊陲渺天求，颯音霜風侵。
撫景懷契闊，躊躇思不禁。
南仲方出車，頡利未生擒。
月明人盡望，壯士秋思沉。

到夏日炎炎時，弘曆亦寫有〈夜臥聽雨〉長達廿八句的長詩：其中有些句子如……

芭蕉響滴殘夢醒，
醒後悠悠動遠思，
思在龍堆連雪嶺。
如心居士在軍營，
……
猶憶去年煙雨中，
綠簑共泛滄波艇。
清宵蝶夢亦偶然，
人生何必嘆浮梗，
借有好風吹送詩，
知君應在三秋領。

這些詩句看出兩人相知甚深，亦與寶玉的「悲」與「愁」呼應，卻不及寶玉所吟唱的「酒面」詞，最能說明兩人間的關係。因劉雪庵在一百多年後譜曲名〈紅豆詞〉而熟為人知。引王維詩「此物最相思」句，紅豆又被稱為相思豆，又是誰對誰的相思呢？

滴不盡相思血淚拋紅豆，
開不完春柳春花滿畫樓，
睡不穩紗窗風雨黃昏後，
忘不了新愁與舊愁，
咽不下玉粒金蓴噎滿喉，
照不見菱花鏡裏形容瘦。
展不開的眉頭，
捱不明的更漏。
呀！恰便似遮不住的青山隱隱，
流不斷的綠水悠悠。

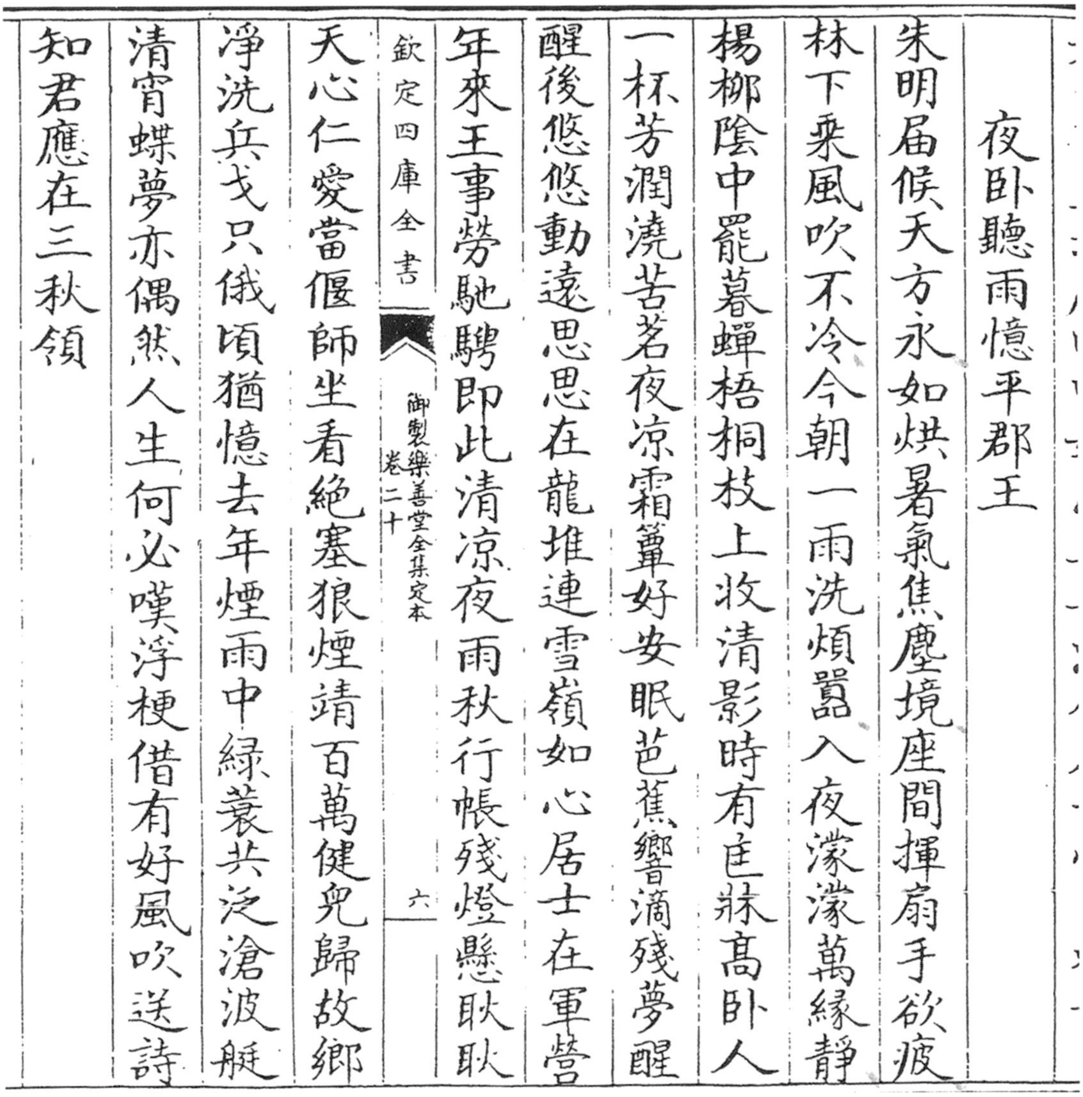
夜臥聽雨憶平郡王
朱明届候天方永如烘暑氣焦塵境座間揮扇手欲疲
林下乘風吹不冷今朝一雨洗煩囂入夜濛濛萬緣靜
楊柳陰中罷暮蟬梧桐枝上收清影時有匡牀高臥人
一杯芳潤澆苦茗夜涼霜簟好安眠芭蕉響滴殘夢醒
醒後悠悠動遠思思在龍堆連雪嶺如心居士在軍營
欽定四庫全書　御製樂善堂全集定本　卷二十　六
年來王事勞馳驅即此清涼夜雨秋行帳殘燈懸耿耿
天心仁愛當偃師坐看絕塞狼煙靖百萬健兒歸故鄉
淨洗兵戈只俄頃猶憶去年煙雨中綠蓑共泛滄波艇
清宵蝶夢亦偶然人生何必嘆浮梗借有好風吹送詩
知君應在三秋領

弘曆皇子時期，最多贈詩是指名給福彭。

詞曲中所表達的情懷，當然是等待的相思，面對春景如畫及玉粒金蓴般的美食，仍是眉頭深鎖、無法成眠、形容消瘦。書中的賈寶玉是沒有經歷過這樣刻骨的相思，此時林妹妹、寶姊姊都與他一同住在大觀園中，朝夕相處何來相思。

再回過來看廿八回，賈寶玉唱出著名的〈紅豆詞〉外，琪官所唱的曲面亦是充滿曖昧與挑逗。

可喜你天生成百媚嬌，
恰便似活神仙離碧霄。
度青春，年正小；
配鸞鳳，真也著。
呀！看天河正高，
聽譙樓鼓敲，
剔銀燈同入鴛幃悄。

這些詩文簡直分不出是乾隆與福彭詩意，或是雪芹〈紅豆詞〉表達的詩情。乾隆廿三年時乾隆刪去了《樂善堂全集》中某些詩篇以「緣初刻所存卷帙頗繁，其中多有不甚愜心之句。」為藉口重刻詩集。刪去的詩稿是否與福彭相關，不得而

知，但留存詩稿仍以贈予福彭的最多，但這與《紅樓夢》的增刪幾乎是在同一時期，難免引起聯想。而〈紅豆詞〉所在的第廿八回及其前後數回，正是全書被紅學家認為時序有誤，似有被刪改的蛛絲馬跡。

其中最大的時序問題起於第廿六回，薛蟠曾說「明兒五月初三日是我的生日」因他收到粉脆的鮮藕等四樣禮，特留了些特請寶玉來吃，當日當為五月初二。席間馮紫英來告知大家，他三月廿八日去打圍才回來，寶玉說「難怪前兒初三、四」在朋友聚會未見他來。既是五月初二提到的初三、四必是四月，很少有人將一個月前的時間說是前兒。

當天馮紫英有事先走，書中說不久是餞花之期，承諾「多則十日少則八天」將安排飲宴。到下一回廿七回寫著「至次日乃是四月二十六日，原來這日未時交芒種節……」此處明顯時序不對。

其次是紅學家一直質疑，經過第廿八回馮紫英的酒宴，賈寶玉與琪官兩人相見，到第卅三回寶琪兩人因「相與甚厚」等數案併發，致寶玉被賈政毒打。按全書看來期間只有幾天，且兩人相見後的幾回，賈寶玉似都在忙別的不相干的事，包括看薛寶釵的紅麝串、到清虛觀打醮拿了一個因為史湘雲也有的點翠金麒麟、金釧挑逗他導致被王夫人責罵後投井等，寶琪兩人酒宴後完全沒時間可讓兩人「相與甚厚」。

不論琪官或蔣玉菡，名字中都有「玉」字，是全書重要的人物，作者怎會就此打住，後續必有許多兩人「相與甚厚」的描述，才會導致來賈府進讒言的忠順王府長史官來告狀「我們府裏有一個做小旦的琪官，那原是奉旨由內園賜出，只從出來好好在府裏，住了不下半年，

孫溫為《紅樓夢》關鍵的廿八回繪圖，
一圖包含兩個層面的故事，
前為飲宴，寶琪均在座，
後為寶琪二人互換信物，被薛蟠看到。
兩人相與甚厚細節被刪。

如今竟三、五日不見回去，各處去找，又摸不著他的道路，因此各處訪察。這一城內，十停人倒有八停人都說，他近日和銜玉的那位令郎相與甚厚。」極可能是寶玉與琪官「相與」的文字均被刪去，導致這整個段落時序混亂。

作者亦可能為了能留下兩人對唱的詞曲，插入五月初二薛蟠生日前的段落，卻造成時序的問題，亦可能是作者的「不寫之寫」。琪官這個名字有「玉」的重要人物，前八十回再也不見登場了。

虎兔相逢 天地元黃

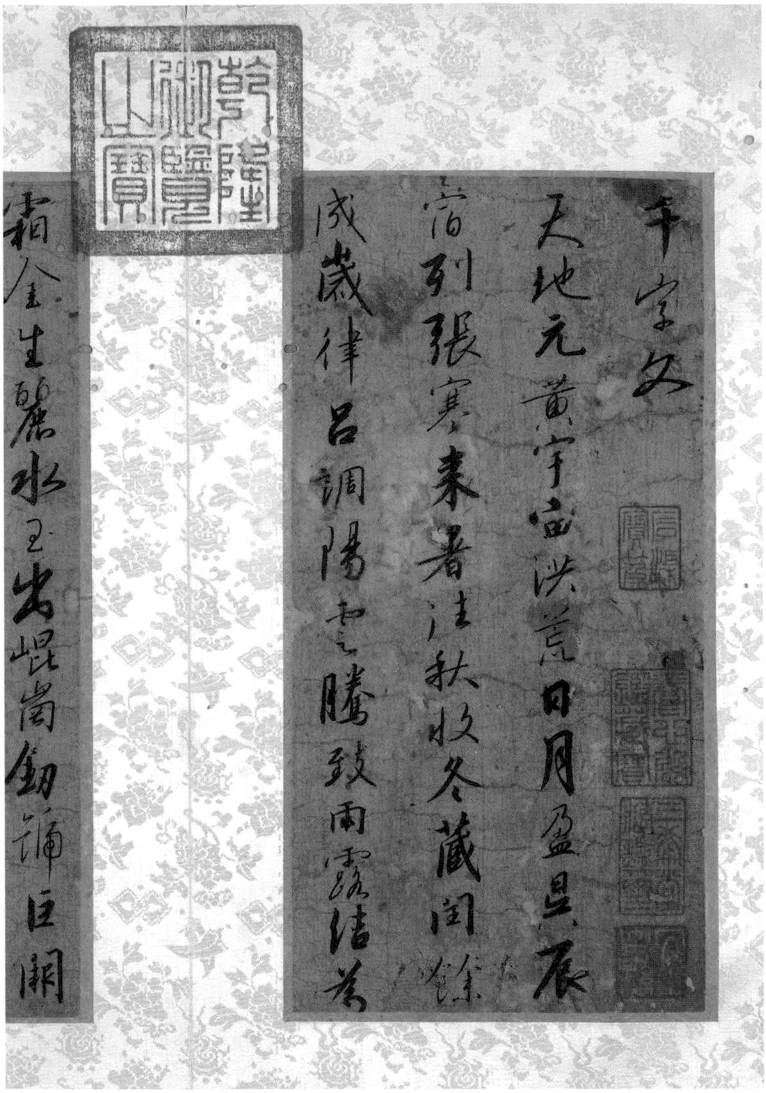

右：宋高宗趙構〈千字文〉。左：清代玄字大多改為元，元妃會是康熙嗎？

福彭是曹寅的外孫，算曹雪芹的表哥，同母弟福秀嫡福晉是納蘭明珠長曾孫女，連襟有乾隆（舒妃）及傅恆與皇十五子允禑子弘慶。黃一農認為允禑母密太妃，雍正去世後經乾隆同意出宮暫居兒孫家，是元妃省親原型。雪芹多少可從這些高親貴戚及友人間聽到許多礙語。

高陽認為福彭真實的八字與書中元妃八字有奇妙的契合，惟因一般人對子平了解不夠、且引用資料出自一般人輕忽的後四十回，此說始終無法引起共鳴。

高陽雖是子平高手，卻未查證康熙四十七年萬年曆，福彭雖生於陰曆六月廿六日但已過立秋節氣，月柱是庚申七月，非高陽所推算的己未六月。福彭當令秋金的貴命，非高陽夏末的「土重金埋」。

《紅樓夢》第八十六回中描述賈元春病重時，薛蝌在外為薛蟠之犯案打點「只聽路上三三兩兩傳說有個貴妃薨了，皇上輟朝三日……」後雖澄清去世的不是元春，賈府乃

請人算一算元春八字凶吉，根據書中資訊，推測元妃八字是「甲申、丙寅、乙卯、辛巳」，算命解說「這日子是乙卯。初春木旺，雖是比肩那裡知道愈比愈好……」略通子平者都認為此解大有問題。乙卯日丙月是傷官、辛時是財，與「比肩」剛好相反。此解卻適用福彭八字「戊子、庚申、辛未、辛卯」，辛未日生庚月辛時與日主均金為比劫，從旺命格「愈比愈好」。

算命者對元春的結論是「可惜榮華不久；只怕遇著寅年卯月」，第九十五回「是年甲寅十二月十八日立春，元妃薨日十二月十九日，已交卯年寅月，存年四十三歲。」卯為兔寅為虎，印證了第五回元妃讖詩「虎兔相逢大夢歸」句。

但這兩回有關八字的文字，卻給了紅學家及校對者無限的困擾。生於甲申年死於甲寅年，略通子平都知道中間只有三十年，即使以虛歲計算立春後多一歲，元妃也只享年卅二歲。有些校對《紅樓夢》者就直接改成卅一或卅二歲，完全不考量作者的「不寫之寫」，只能說是「白目」式的校對。

高陽應是雪芹少數知音，他認為元妃及福彭間的種種巧合數字，都存在了「加一」的玄機，福彭死於十一月十八日與元春去世的十二月十九日，日與月的數字都加了一。書中元妃壽元四十三歲，更是暗示乾隆十三年冬至（十一月初二）後去世的福彭，吃了冬至圓也可算長了一歲，福彭去世時虛歲是四十二歲，再將其虛歲「加一」成為書中賈元春「存年四十三歲」。

加一的巧合不止於此。高陽文中未提立春日的日期，第九十五回寫「該年十二月十八交次年立春。」福彭去世的乾隆十三年，交次年立春時間在十二月十七日凌晨前後；十七加一為十八亦符合高陽的加一理論。他忽略了福彭死後乾隆「輟朝二日」哀悼，書中曾提及「輟朝三日」也是加一。

高陽認為弘晳逆案後福彭就失寵了，又因部屬張廣泗弊案被牽連，去世後乾隆連悼亡詩都沒有。其實「輟朝二日」是極不尋常的哀榮，因為乾隆在位六十年內，除嫡子永璉薨，輟朝五日以及孝賢皇后喪輟朝九日外，極少為悼亡輟朝。像是他的師傅朱軾僅得到一日，他的繼后輝發那拉氏、親叔叔胤禎、嫡次子永琮、同修重臣張廷玉及鄂爾泰等，都沒有輟朝。

研究紅學又懂子平者不多，曹雪芹的謎面能解者自是少之又少。高陽解謎後認為後四十回也是曹雪芹原稿，因為任何續書者都不可能有福彭的人生資料，能這樣隱晦地藏身於賈元春之中。

個人則認為輟朝三日、元妃的八字及去世日期，加上享年四十三歲等等資訊，極可能是曹雪芹增刪五次過程的舊稿。至於程偉元是否在鼓擔上找到刪稿，就不得而知了。

元妃的結局作者尚來不及寫就去世了，留下「虎兔相逢大夢歸」的詩謎。作者仍對此一讖詩賦予了新的意義。研究《紅樓夢》者都同意詳述十二金釵的第五回自是全書綱領，且在《紅樓夢》眾多的書名中唯一作者自訂是《金陵十二釵》。俞平伯認為此時十二金釵人選四上四下，換下綺年玉貌才女薛寶琴、邢岫煙、李紋及李綺，換上元春、出家人妙玉、嬰兒巧姐及早逝的寧國府孫媳秦可卿。這種不合常理的更換，新添人物必有其必要任務。

新加入十二金釵的賈元春，從讖詩「二十年來辨是非，榴花開處照宮闈。三春爭及初春景？虎兔相逢大夢歸。」說是影射福彭母子，這位「新參者」不如說更像康熙。

清代為避康熙諱，「玄」字都改

為「元」，千字文開頭原有「天地元黃」版本。榴花隱喻康熙多子如石榴，他一生的三十五個兒子加上自己，不就是正冊、副冊、又副冊總和的三十六人，康熙去世於壬寅年是虎，次年雍正元年歲次癸卯為兔，虎兔相逢沒有爭到皇位的諸皇子當然都「大夢歸」了。

另一「新參者」秦可卿作者原本安排〈淫喪天香樓〉的結局，將淫喪改為病逝，這回據脂批「通回將可卿如何死故隱去，是大發慈悲心也，嘆嘆。壬午春。」壬午是乾隆廿七年，作者那年除夕去世，似不久前方改掉淫喪，致第五回可卿的詩圖曲都來不及改，仍是懸梁與滿是貶意的「情既相逢必主淫」。

可卿病況更是「歹戲拖棚」，前幾回都在胡謅些可卿病的片段，病情真的只是胡謅的嗎？張太醫所說「思慮太過。此病是憂慮傷脾」可卿自己不當家，賈蓉也沒做官，最重大工作不過「吩咐小丫鬟們，好生在廊檐下看著貓兒狗兒打架。」何來「思慮太過，而憂慮傷脾了」

福彭去世曹家所有親族都會參與協助，乾隆十三年雪芹已北返二十年了，參與了這麼盛大的場景怎捨得不予描繪？最早以元妃早逝寫入章節，超規格的喪禮成為賈元春的喪禮無庸置疑。此時雖福彭的母親曹佳氏仍活著，白髮人總是不宜送黑髮人，極可能有能幹的親戚如鳳姐般去協理「平」郡王府。紅學各家均同意那絕不會是秦氏的喪禮，這場喪禮應是福彭喪禮的寫實，才會如此繁複盛大。

十二金釵會四上四下，改琦筆下的新參者賈巧姐與秦可卿。

往事並不如煙

福彭去世乾隆諭「平郡王宣力有年。恪勤素著。今聞患病薨逝。朕心深為軫悼。特遣大阿哥攜茶酒往奠。並輟朝二日。」爵位由十五歲獨子慶明繼任，只一年六個月後慶明就死了。又等了三個月，乾隆才核准由福秀之子慶恆過繼，在乾隆十五年底襲爵。

平郡王府的遽變是乾隆廿七年開始，慶恆因部屬一再犯過失，於閏五月十日被罰王俸五年，且不得管理旗務。十天後鐵帽子王爵也被乾隆摘掉，奇奇怪怪的處分是「所襲王爵系伊祖上所立。承襲已久今若因伊獲罪。永遠降等朕心不忍。慶恆本身作為貝子。出缺再襲時，仍襲郡王」慶恆雖被降為貝子，因鐵帽子王世襲罔替，所以郡王位缺空懸以後再說。這一說是十三年，時為乾隆四十年十一月，慶恆才又恢復了郡王爵位。

乾隆廿七年歲次壬午，傳說雪芹逝於這年或次年除夕。去世前他一直在改寫，緣由之一極可能目睹了平郡王府的無常，主動感受或被動改寫都有可能。後四十回之中元妃「自選了鳳藻宮後，聖眷隆重身體發福，未免舉動費力，每日起居勞乏時發痰疾。」高陽認為是福彭中風病逝前的寫實，應也不是空穴來風的猜測。不知是否是因為寫的與福彭的實況太像而被迫刪去，或是因為他自己心境及全書布局的改變而刪去，就不得而知了。

乾隆廿七年曹佳氏所生的三個兒子均已相繼離世，慶恆又獲罪鐵帽子被摘降為貝子。書稿原一氣呵成安排元妃的早逝，八字、病情、輟朝及喪禮，然此時雪芹自己也已屆四十歲餘，體會出青春不再的福彭與弘曆兩人，也相見爭如不見。

此時距福彭去世十餘年矣，他可能不想用肥腫中風的寫實來描繪福彭的最後，猛然回想起雍正六年他全家北返時，初見的福彭。

雖然不知那年雪芹是五歲或十三歲，但福彭一定是十九歲，剛襲平郡王一年餘，那種驚人的美貌、十足的自信，及集康、雍兩位皇帝的恩寵於一身。

左：北京西城平郡王府，仍保存大部分建築物，現為第二實驗小學王府校區。

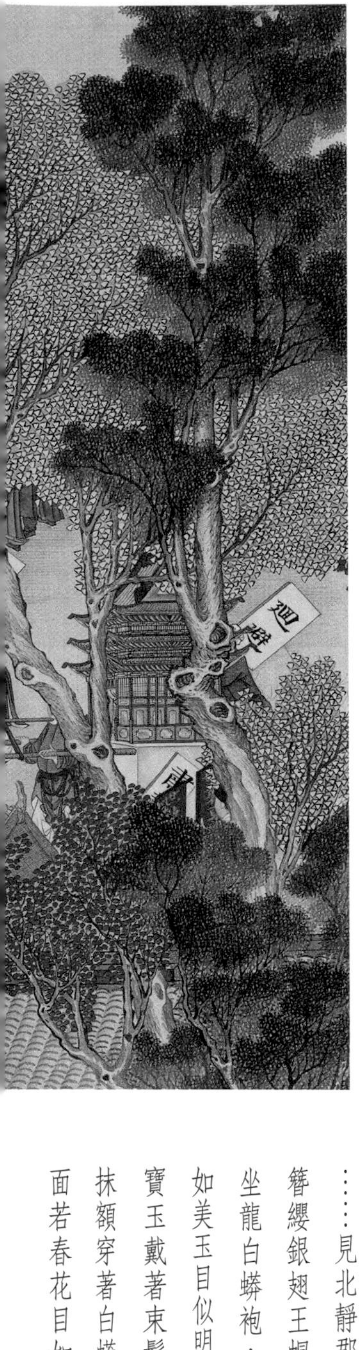

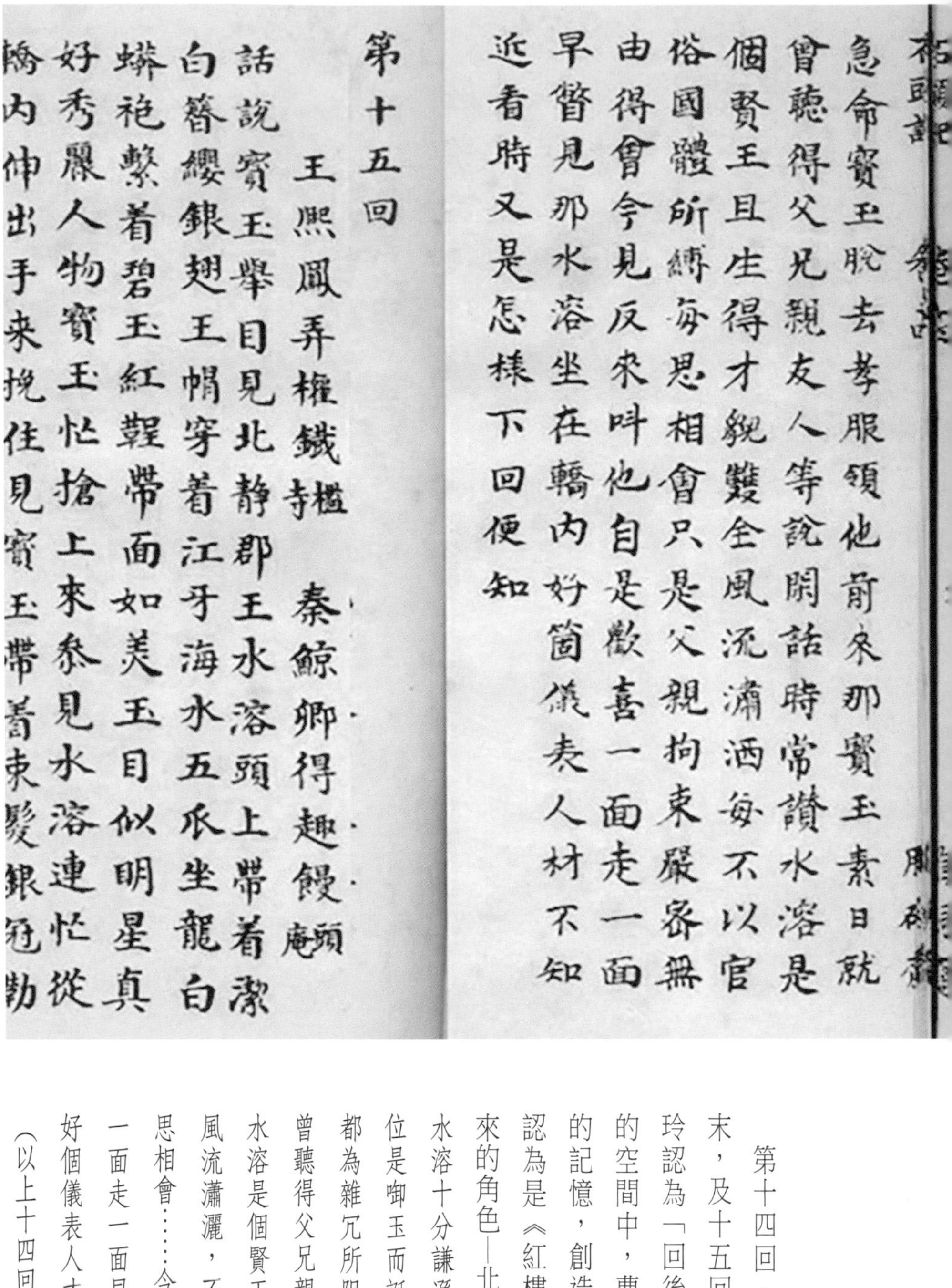

急命寶玉脫去孝服領他前來那寶玉素日就曾聽得父兄親友人等說閑話時常讚水溶是個賢王且生得才貌雙全風流瀟洒每不以官俗國體所縛每思相會只是父親拘束嚴𠖥無由得會今見反來叫他自是歡喜一面走一面早瞥見那水溶坐在轎內好個儀表人材不知近看時又是怎樣下回便知

第十五回

王熙鳳弄權鐵檻寺　秦鯨卿得趣饅頭庵

話說寶玉舉目見北静郡王水溶頭上帶着潔白簪纓銀翅王帽穿着江牙海水五爪坐龍白蟒袍繫着碧玉紅鞓帶面如美玉目似明星真好秀麗人物寶玉忙搶上來叅見水溶連忙從轎内伸出手来挽住見寶玉帶着束髮銀冠勒

第十四回〈賈寶玉路謁北靜王〉末，及十五回開始之間，這個張愛玲認為「回後回前間」最容易改寫的空間中，曹雪芹用他對福彭最初的記憶，創造了一個許多紅學家都認為是《紅樓夢》全書最後創造出來的角色—北靜王。

水溶十分謙遜，因問賈政道「那一位是啣玉而誕者？幾次要見一見，都為雜冗所阻……」那寶玉素日就曾聽得父兄親友人等說閒話時常讚水溶是個賢王，且生得才貌雙全、風流瀟灑，不為官俗國體所縛，每思相會……今日反來叫他自是喜歡。一面走一面早瞥見那水溶坐在轎內好個儀表人才，不知近看時又怎樣（以上十四回末、以下第十五回初）……見北靜郡王水溶頭上戴著潔白簪纓銀翅王帽，穿著江牙海水五爪坐龍白蟒袍，繫著碧玉紅鞓帶，面如美玉目似明星，真好秀麗人物……寶玉戴著束髮銀冠，勒著雙龍出海抹額穿著白蟒箭袖圍著攢珠銀帶，面若春花目如點漆。水溶笑道「名

不虛傳，果然如寶似玉。」……水溶見他語言清楚，談吐有致將腕上一串念珠卸了下來，遞與寶玉道「今日初會，倉促竟無敬賀之物。此即前日聖上親賜鶺鴒香念珠一串權為敬賀之禮。」

……賈赦賈珍等一齊上來，請回輿。水溶道「逝者已登仙界，非碌碌你我塵寰中之人也。小王雖上叨天恩虛邀郡襲，豈可越仙輀而進也。」賈赦等見執意不從，只得告辭謝恩回來，命手下掩樂停音，滔滔然將殯過完，方讓水溶回輿去了……

賈寶玉在實際描述福彭的喪禮中途，初次見到北靜王，這位已逝平郡王的幻影，默默地看著這場自己的喪禮，剪接倒敘手法如二十世紀的歐洲電影。

少年平郡王是如此燦爛，面如美玉，目似明星。

右：甲戌本第十四、十五回之間。
上：孫溫所繪〈賈寶玉路謁北靜王〉轎內北靜王是否為福彭幻影。

野狐禪

尾聲

純粹是猜測

乾隆一生最不可思議的事，是他在晚年寵信和珅，造就了這個堪比國庫富裕的大貪官。

據《清宮遺聞》和《清朝野史大觀》記載：乾隆尚為皇子時，曾調戲雍正的一個妃子，乾隆的母后見了將她賜帛自盡，乾隆覺得對不住這個妃子，就用朱砂在妃子的頸上點了一下。

乾隆於和珅入宮後，覺得他長得像那個妃子，頸上果見有一紅色胎記，和珅當時年齡也與那妃子死去的時間相合正是廿五年。這位妃子有一說是年貴妃，另一說是貴妃馬佳氏，痕記是在額頭。乾隆看到痕記認為和珅就是那妃子投胎而來，為償還年輕時的歉疚，乾隆對和珅十分特別，到了離譜的地步。

這個野史傳聞錯誤百出，若說這位貴妃是年貴妃則更荒謬，先假設乾隆生母是熹妃，其地位遠遠低於年妃，那有說東道西的份。況年氏死於雍正三年，距乾隆初見廿四歲和珅時已近五十年了。

若是這幕調戲是被太后遇到，太后死於雍正元年，此時弘曆十二、三歲，若是被那拉皇后瞧見，那被她賜死的一定是弘曆。

雍正的妃嬪甚少，除年貴妃外另一位貴妃耿氏是弘晝之母，貴妃位是乾隆即位後尊封的，雍正一朝她只是裕嬪，她活到乾隆四十九年才去世，更是絕無可能。清史中雍正亦沒有姓馬佳氏的妃嬪，後宮女子僅康熙的榮妃是馬佳氏，死於雍正五年確實是乾隆當皇子的年間，不過榮妃死時已年過七十了。其他後宮中連答應、常在這些小妃都算在內，亦無出身馬佳氏者。

和珅究竟是讓乾隆想到了誰？

和珅生於乾隆十五年五月二十八日，不到兩年前乾隆失去孝賢皇后與福彭，若有轉世之說，和珅有可能是乾隆想像中福彭的轉世。

右：傳說法國傳教士所拍和珅照片。
上：恭王府花園原為和珅府庭園，常被附會為大觀園。

和珅在乾隆廿五年十歲時考入咸安宮官學，少時就儀表出眾，精通四書五經外，會滿、漢、蒙、藏等語言。乾隆卅七年和珅才從世襲的都尉補授三等侍衛，始有機會進入大內，乾隆四十年擢升御前侍衛始得面聖，時年廿五歲乾隆六十四歲。

其後，不到一年的時間，在乾隆四十一年三月，和珅直入軍機處成軍機大臣。這種不可思議的拔擢，有些學者推測他能猜透及順應乾隆心意，但那麼短的時間是不太可能達成。又一個月升任總管內務府大臣，開始不可一世的貪婪生涯。

自這年開始到乾隆去世的廿三年間，乾隆對和珅的寵信從未間斷，造就了中國有史以來最大的貪官。和珅貪污總值約合現今幣值一千三百二十億美金。

和珅究竟是否是乾隆生命中很重要人物的轉世？或僅與人神似？而和珅充分利用這個優勢。將和珅的生日往前推一年餘，乾隆十三年底福彭去世，乾隆輟朝兩日悼念。廿

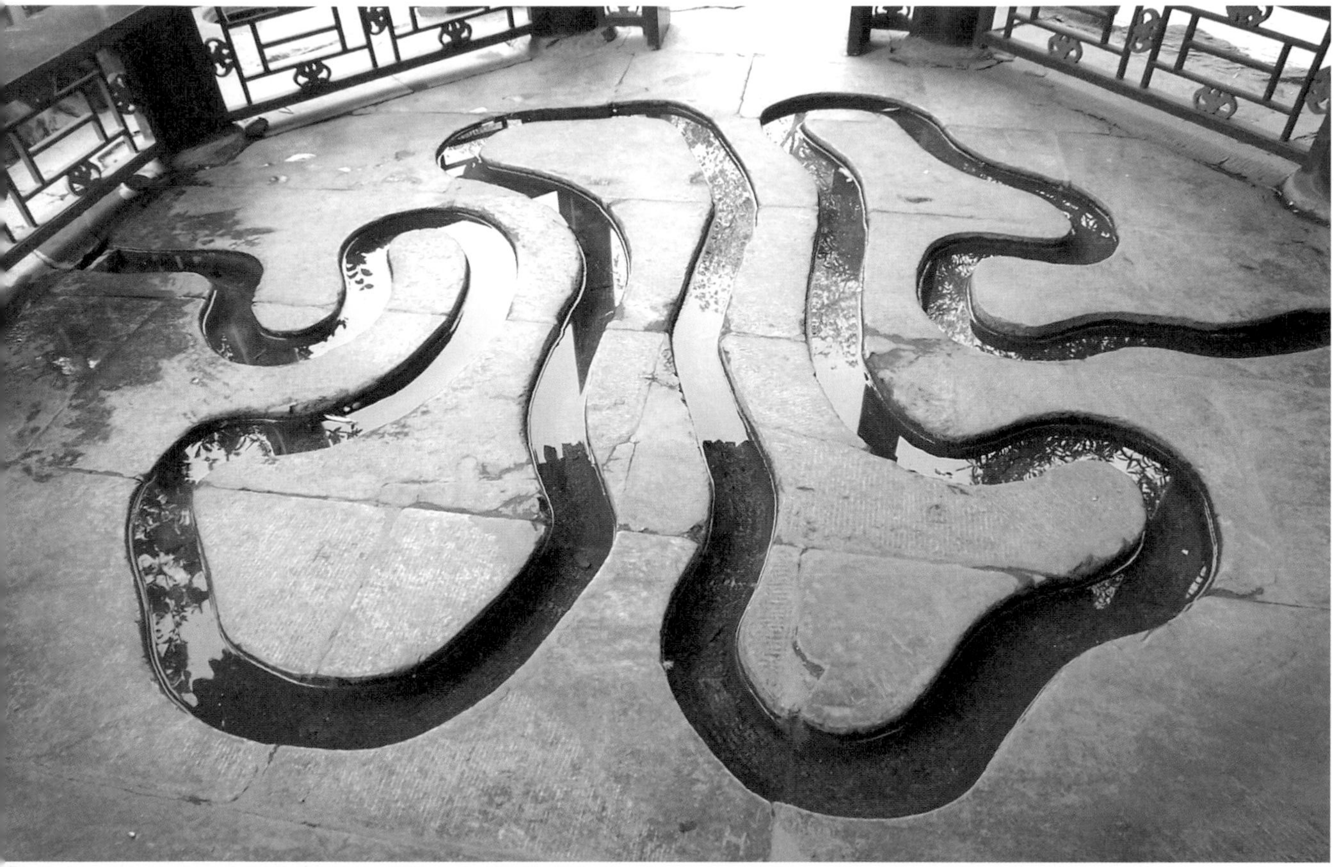

七年後六十四歲的弘曆，突然見到神似福彭廿五歲的和珅，一樣是美少年，剎時分不清虛幻與真實。

和珅舊宅是現在的恭王府，恭王府中所有不論花窗或欄杆的裝飾都是蝙蝠，有近一萬隻左右，稱萬蝠園。這種「蝠」與「福」是無意？還是故意？

更弔詭的是花園假山內，來路不明康熙的福字碑，深藏在洞穴內。

最後要提到《紅樓夢》第四回對甄英蓮的描述「……他眉心中原有米粒大小的一點胭脂痣，從胎裡帶來的……」與野史和珅的胭脂胎記似有些呼應。

當然，這些事已超出《紅樓夢》創作的年代久矣。

和珅府所有窗花裝飾均為蝙蝠，而有萬福園之稱。是無意還是故意牽扯福彭。

救贖

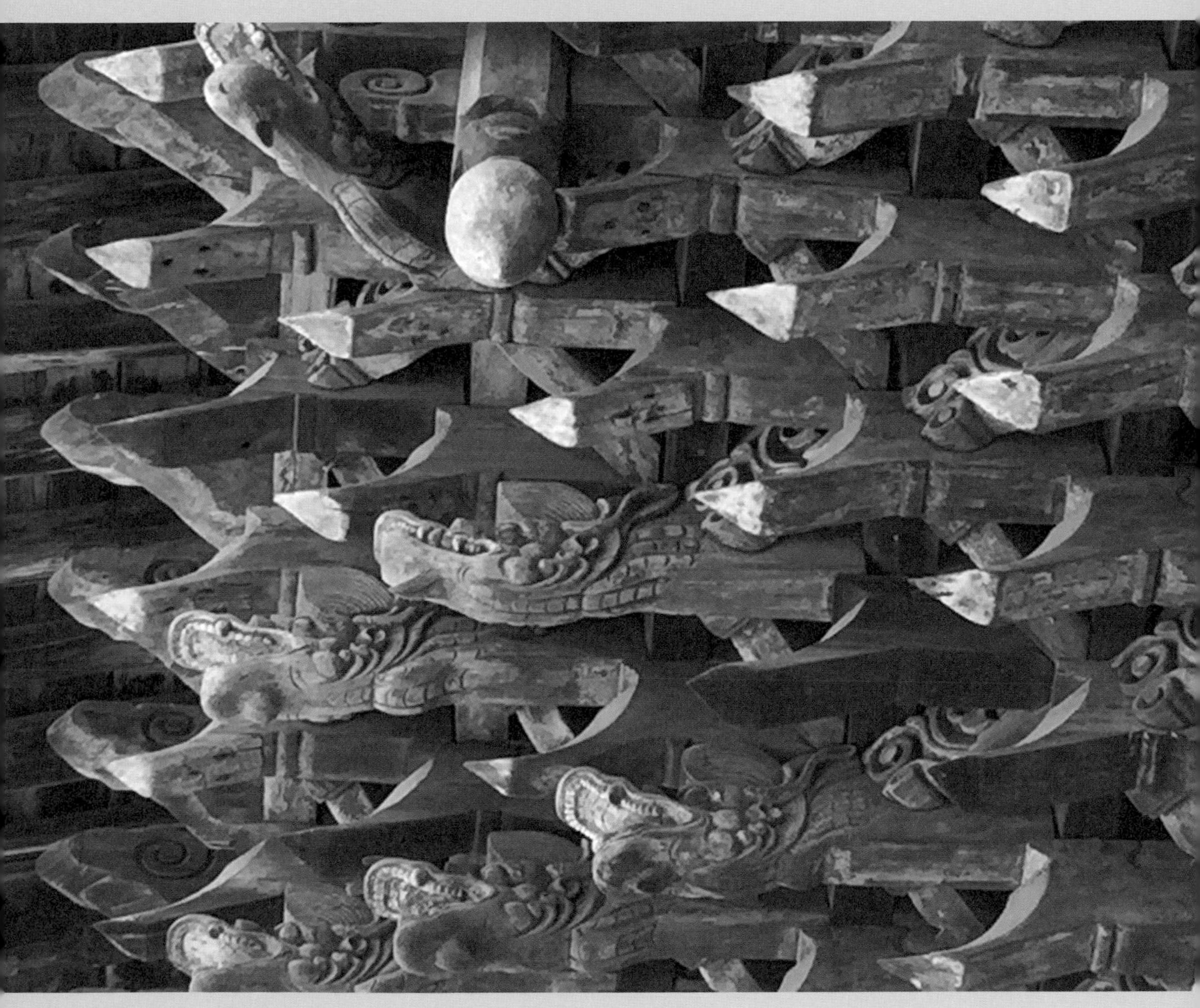

沒有得到的救贖

乾隆是有史以來古今中外最福壽雙全的帝王，無人能出其右。

他的人生幸福嗎？有無受到幼年創傷的影響。

他摯愛的孝賢皇后，及兩個嫡子早早離他而去，大部分的親人都沒他長壽。

他信任的人並不多，少年時的福彭、中年時的傅恆，及晚年的和珅。前兩人分別在乾隆十三年及乾隆三十五年病逝。

他最後寵幸和珅近二十年，無人了解為何？

六十年的帝位、四年的太上皇，他還是沒走出陰影，得到救贖。

清高宗御筆〈煙波釣艇圖〉。甲子為乾隆九年、弘曆三十三歲，帝位因弘晳兩年前去世更穩固，畫中蕭瑟的身影是否自己孤寂心情的寫照。

蘭因絮果 心寫治平

拘泥於以曹雪芹為《紅樓夢》唯一的作者，某些紅學家主張有所謂「曹家中興」說，為的是使作者能再經歷繁華鼎盛的生活；也有假設乾隆初期有曹家女子為嬪妃者；或曹寅外孫平郡王福彭得乾隆重用，能使曹家重回內務府當差，繼而又再經手油水多多的工作，不久生活就能如《紅樓夢》中一般奢華了。

〈心寫治平圖〉原藏圓明園，現藏克里夫蘭美術館。卷首為乾隆帝后。

為了更像《紅樓夢》，需安排曹家又犯過失。至再次被抄家沒落，包括怡親王府失火……等等；這種無憑無據的異想天開，殊不知幾年的暴發只能成粗俗，如高陽《紅樓夢斷》書中嘲笑內務府「屋大、樹小、畫不古」，哪會形成曹家三代四世的高雅風華。

乾隆一朝四十餘位后妃嬪妾，其中並無一人姓曹。福彭在乾隆四年弘晳案後，未見有任何要職高位，亦不再列軍機大臣，甚而與皇帝亦無互動，到乾隆十三年福彭去世。之後平郡王府風波不斷，曹家不可能再現康熙曹寅的盛世，主流紅學大都不認同「曹家中興」說。

乾隆在位六十年，其妻妾自是比他父親要多，父子都算念舊，登基後冊封或爾後封貴妃、皇貴妃（包括追封）大都為潛邸舊人。近年多齣雍正乾隆年間宮鬥電視劇，使這些女子都成為大家熟識的人物，惟劇情雖與事實有極大出入，亦不見有編劇敢捏造曹妃或曹貴妃現身。

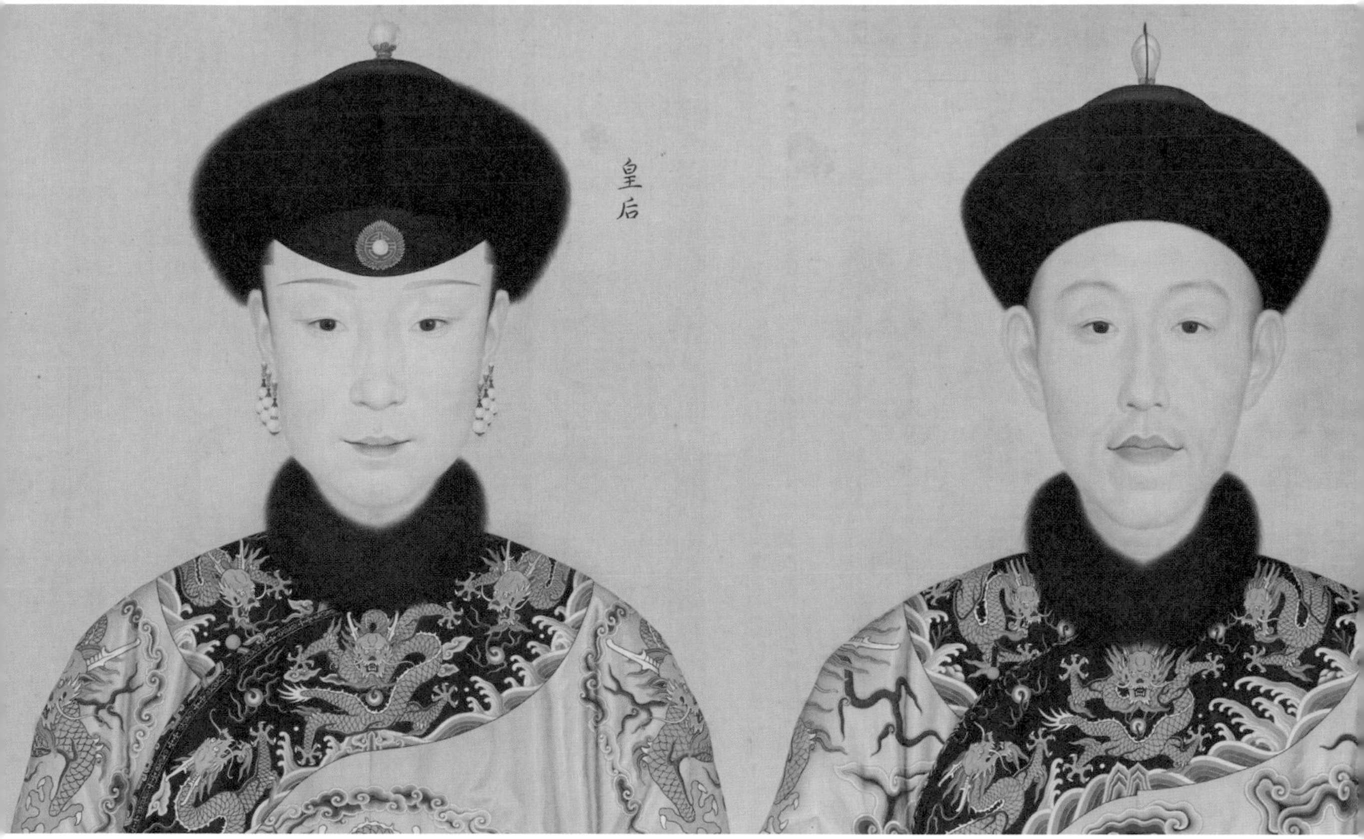

乾隆將自己後宮嬪妃中選出十二位他較喜愛的，將歷年宮廷畫師所繪的圖卷按皇后、貴妃、妃、嬪的尊卑順序裝裱成一畫卷，其中無一人與曹家有任何瓜葛關係。畫卷他親自題寫為〈心寫治平〉，寓家齊後方能治國平天下之意，此是否為他內心真實的感情世界不得而知。

雍正五年弘曆迎娶富察氏為嫡福晉，《宮內底賬》記載，自此日到雍正七年，西二所皇四子宅邸中，妻妾僅六位，是成婚皇子的基本配備。雍正六年五月，侍妾富察氏生長子永璜、六月嫡福晉生長女。

雍正八年時，弘曆的妻妾人數增加為十位。雍正十一年二月獲封寶親王後，可向皇帝請賜封側福晉二人，這年三月初一，弘曆先請封高斌之女高佳氏為側福晉，同年十一月初八迎娶皇帝親賜的側福晉輝發那拉氏。此時寶親王府計有嫡福晉一人、側福晉二人、官女子七人，妻妾總人數記載仍只有十人。

除帝后外〈心寫治平圖〉卷之乾隆寵愛妃嬪，自右往左：
貴妃高佳氏
純妃蘇氏乾隆十年封貴妃去世前晉皇貴妃
嘉妃金佳氏乾隆十三年晉封貴妃
令妃魏佳氏嘉慶帝生母追封孝儀純皇后

弘曆即位後詔封嫡福晉富察氏為皇后，乾隆一生的最愛應是這位皇后，嫁入皇四子府邸時富察氏受到當時雍正皇后的歧視，第二天的拜見都故意出宮不見。她父親李榮保雍正元年已逝，當家的哥哥只是三等侍衛，家道應是一般（最小的九弟傅恆出生於父親過世前一年）。

側福晉高佳氏獲封為貴妃、側福晉輝發那拉氏僅封為嫻妃，無庸置疑乾隆對高貴妃的喜愛是遠遠高於嫻妃，電視劇《如懿傳》繼后輝發那拉氏以「蘭因絮果」形容她與乾隆的感情由萌生到幻滅，兩人是否曾有感情都令人懷疑。

編入〈心寫治平〉后妃之首皇后由郎世寧所繪，應極接近孝賢皇后真實的端莊美麗。乾隆一生寫詩四萬餘首，大部分都相當一般，只有悼念孝賢皇后的詩情真意切，黃一農院士就皇后去世後乾隆的表現，認為兩人確實鶼鰈情深。

因高貴妃在乾隆十年已去世，皇后去世後由嫻妃於乾隆十五年繼任為

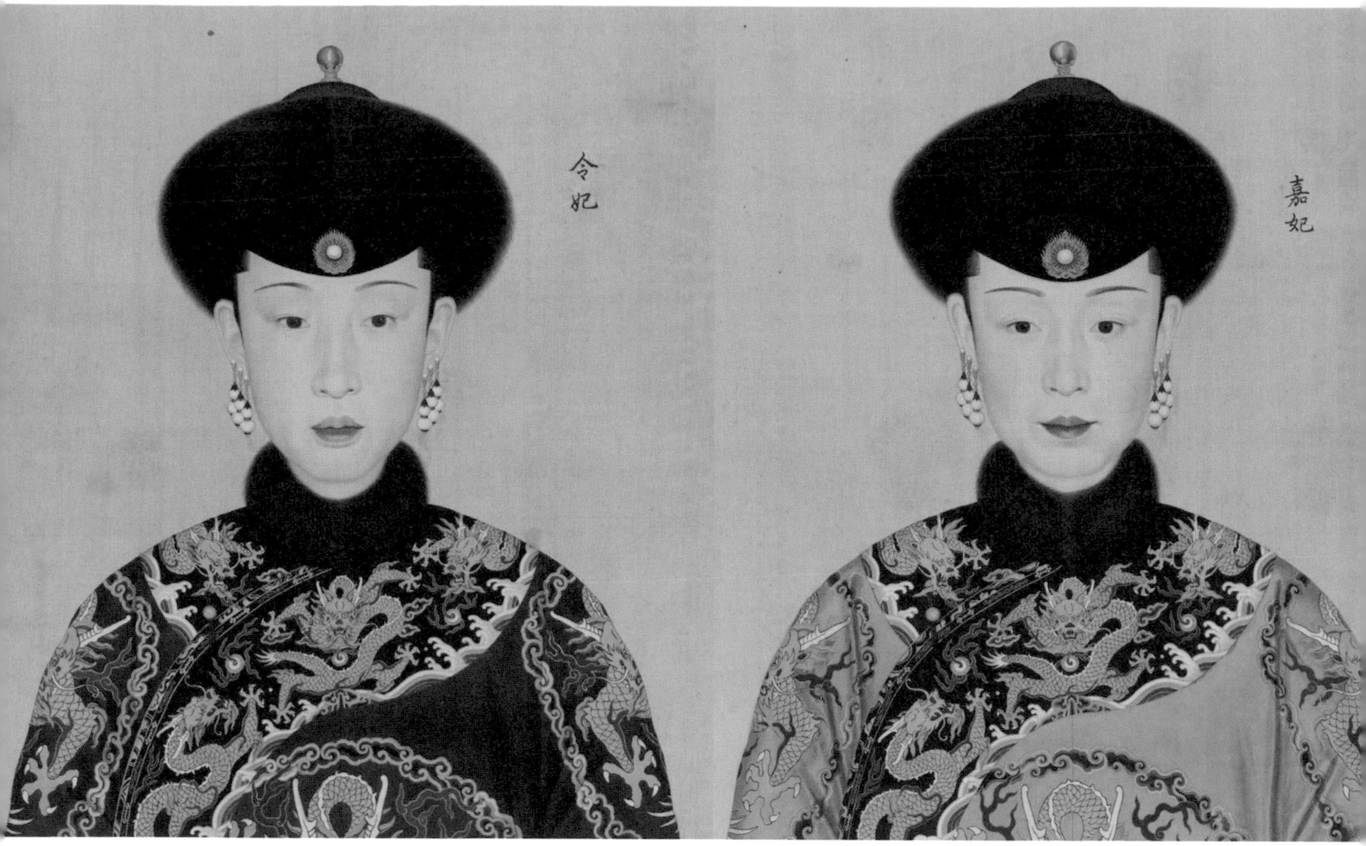

后。她分別在乾隆十七、十八、二十年，生育了皇十二子永璂、皇五女及皇十三子，後兩人均早殤。從入門到生子等了近二十年之久，乾隆對她的感情恐怕不是一般冷淡。

乾隆三十年二月廿八日晚，歷史學家至今無法知曉到底發生了什麼大事。乾隆帝派額駙福隆安由水路遣送皇后回北京，後禁足於翊坤宮後殿，不許見一人，並遣散原宮女太監另派。五月十四日收繳回那拉氏冊寶夾紙（妃、貴妃、皇貴妃、皇后），七月時那拉氏位下只剩兩名宮女，位分低貶到等同答應。次年，那拉氏默然辭世，在收回皇后冊寶時，其實已形同被廢。

〈心寫治平〉圖卷人選及榜題都是乾隆親自處理，皇帝、皇后、高貴妃排前三，到第四的純妃前明顯有被裁切過的痕跡，此處應是當時嫻妃曾排列的位置。

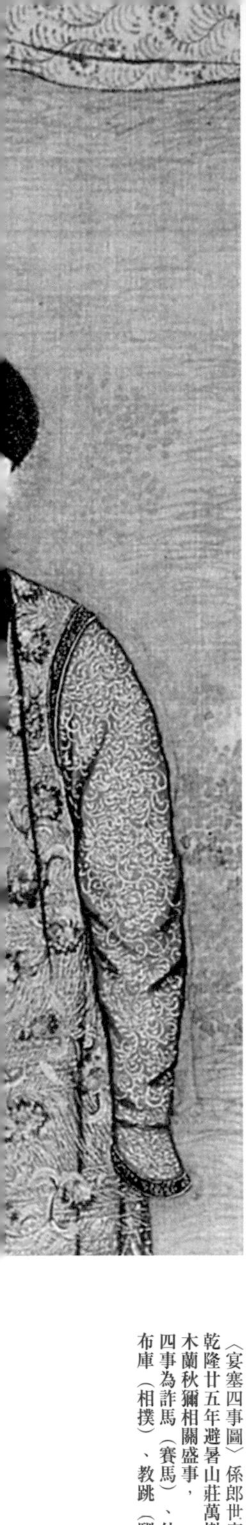

〈宴塞四事圖〉係郎世寧繪於乾隆廿五年避暑山莊萬樹園木蘭秋獮相關盛事，四事為詐馬（賽馬）、什榜（音樂）、布庫（相撲）、教跳（馴馬）。

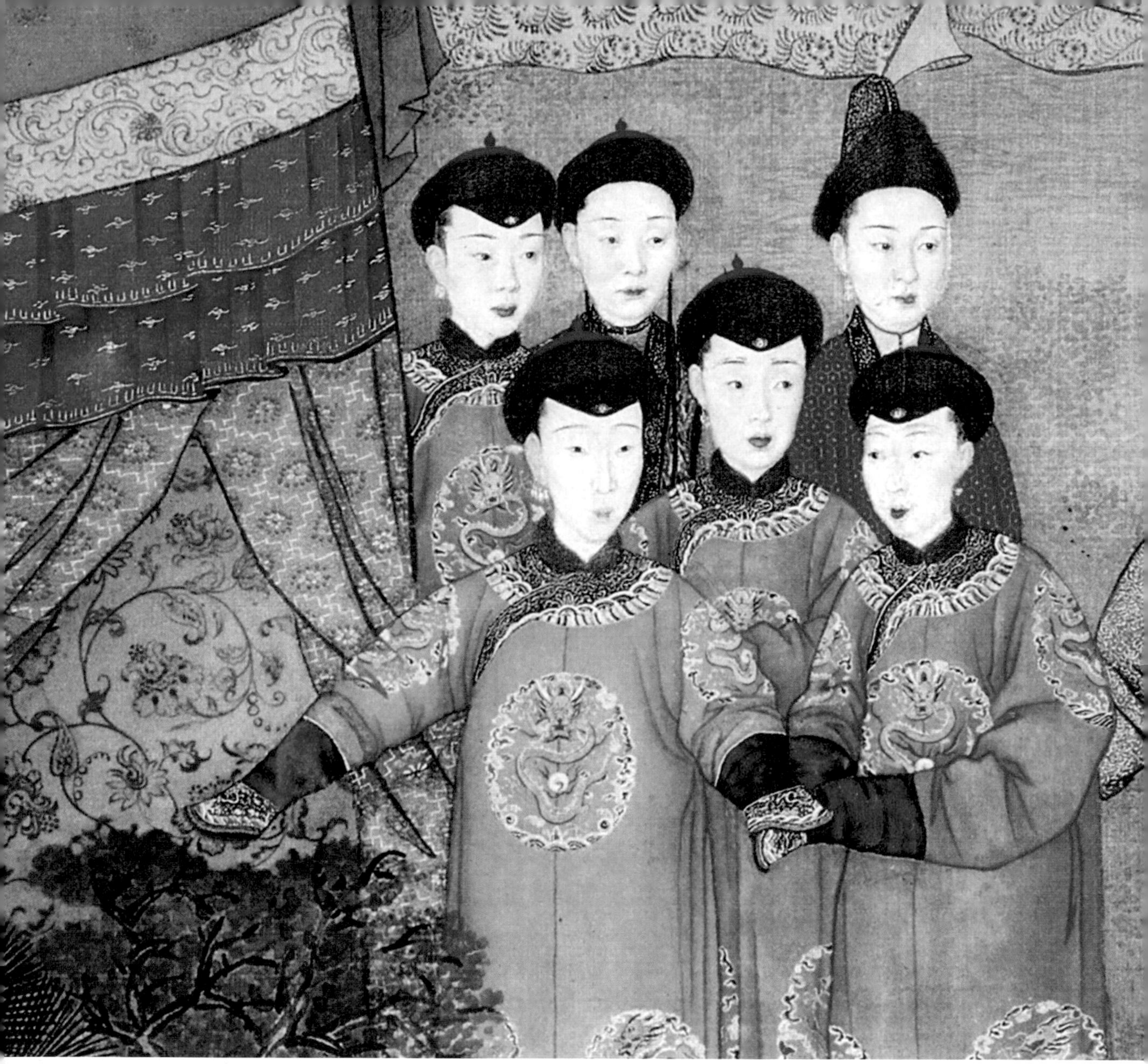

營帳一角有七位女士，
有兩人的臉極為相似，
穿明黃衣服者應為當時皇后輝發那拉氏，
其臉龐明顯被塗改過，
因明黃僅皇后與皇貴妃能用，
只好改為原畫中在旁扶她，
後來被封皇貴妃的令妃。

乾隆帝對繼后的冷酷，除了抹去宮中所有畫像記錄，大幅的〈宴塞四事圖〉無從裁切，只能將圖中一角繼后的臉塗白後，換成出生低微卻壟斷自乾隆廿三年之後，皇帝四子二女計十七年生育權的令妃，她也是嘉慶帝的生母。

繼后死後，皇帝雖諭旨葬禮按皇貴妃例行，卻也只有紙上的風光。那拉氏的棺木最終是塞在純惠皇貴妃地宮側，既不設神牌、也無祭享及諡號。電視劇《如懿傳》中乾隆還留著她的斷髮，真是離譜之極。

洪荒之力滅證

玉牒是皇室的家譜，相信史料者一定會捧出玉牒，證明弘曆是由鈕祜祿氏生於雍親王府。

玉牒可信嗎？

清皇室玉牒制度始於順治朝，平時宗室、覺羅有生子女、繼嗣、婚嫁、封爵、授職、升補、降革、死亡等情事，由王公門上及各旗，造報給順治九年設立的宗人府，宗人府再據以登記。

每十年開設一次玉牒館，屆時由皇帝欽定正副總裁，下設總校閱官等，就所彙整草稿編纂，編修玉牒完應該就解散。

一般來說玉牒是有可信度的，如果想要篡改內容是有一定的難度。首先玉牒每十年才修一次，編纂時漢滿文繕寫各謄抄三部，分存於皇史宬、禮部及宗人府。且修編時都是從頭編纂，所以只取出上一次的版本，當時仍活著的人，新版的名字用紅筆書寫，已故去的人，新版改用墨筆書寫，遇到名字重複時，位卑或年幼者改名。

修編時應該只會取出宗人府那份底本，新謄抄三份分送存檔，皇史宬及禮部的兩份，基本上是不會去搬動，篡改的機會幾乎是零。

玉牒中最重要的是〈帝系玉牒〉屬單獨編纂皇帝的直系，上啟肇祖（努爾哈赤六世祖孟特穆），下到編纂當時皇帝，只收錄皇帝本人及其皇子，且道光十七年以前，后妃生有子女者，才准載入玉牒。

〈帝系玉牒〉中當了皇帝者，修編時要改寫在最前面，並用黃綾蓋住名字。有清一代玉牒大抵每十年修編一次，紀錄中順治十七年為首次、康熙九、十八、二十七、三十六、四十五年各一次，雍正二年及十一年各一次，乾隆元年、七年及十二年均有編纂，爾後大致維持每十年編纂一次。

編纂時間表中康熙四十五年之後接著是雍正二年，事實上康熙五十四年還編纂了一次。《實錄》康熙五十三年十一月記載，已派了玉牒館總裁準備次年開館編纂「命和碩簡親王雅爾江阿、為纂修玉牒總裁官。內閣大學士蕭永藻、王掞……為副總裁官。」但現存玉牒沒有康熙五十四年編纂本。這次編修確實

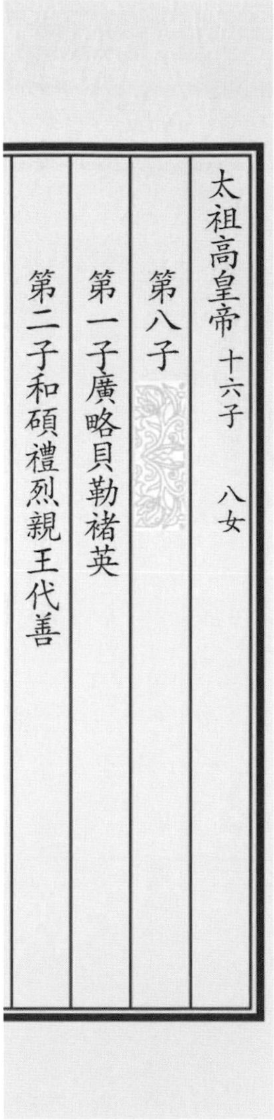
太祖高皇帝 十六子 八女
第八子
第一子廣略貝勒褚英
第二子和碩禮烈親王代善

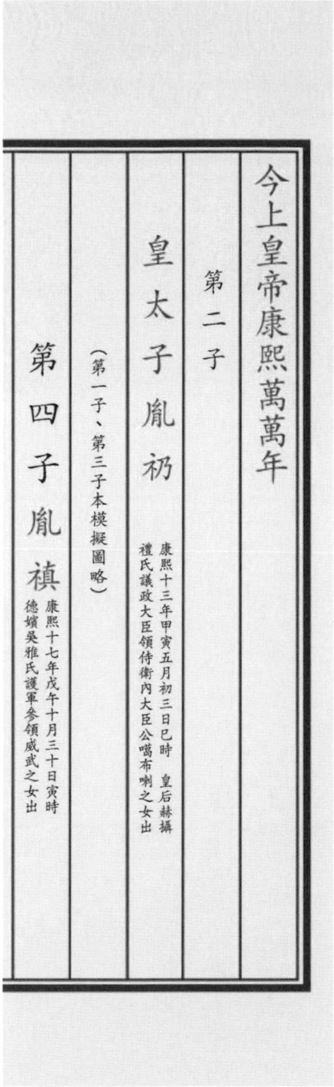
今上皇帝康熙萬萬年
第二子
皇太子胤礽 康熙十三年甲寅五月初三日巳時 皇后赫舍禮氏議政大臣領侍衛內大臣公噶布喇之女出
（第一子、第三子本模擬圖略）
第四子胤禛 康熙十七年戊午十月三十日寅時 德嬪吳雅氏護軍參領威武之女出

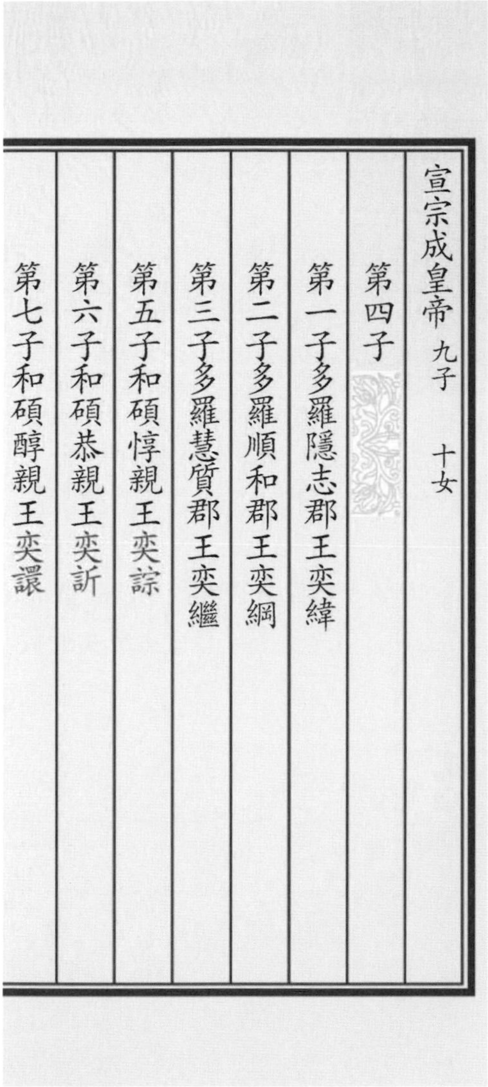
宣宗成皇帝 九子 十女
第四子
第一子多羅隱志郡王奕緯
第二子多羅順和郡王奕綱
第三子多羅慧質郡王奕繼
第五子和碩惇親王奕誴
第六子和碩恭親王奕訢
第七子和碩醇親王奕譞

存在的證據，還包括康熙五十六年四月「命和碩簡親王雅爾江阿為纂修玉牒總裁官……為副總裁官。」十一月「以禮部尚書公吞珠為纂修玉牒副總裁官」、五十七年十一月「以禮部尚書貝和諾、內閣學士勒什布為纂修玉牒副總裁官。」經多次編纂方定稿，應該跟當時廢太子後皇子們政治行情每每變化有關吧。康熙五十四年編纂的玉牒究竟有什麼問題，為什麼「被消失」？

康熙五十年雍王府造報宗人府有關弘曆生辰八字及母親為何人，在太子二度被廢且九子奪嫡風風雨雨的時刻，雍王府對出生地及生母何人應是如實造報。這些資料應編入了康熙五十四年版玉牒。

雍正二年編纂時，以多羅貝勒滿都護（康熙弟常寧子）為纂修玉牒

帝系玉牒標準格式，當皇帝者，修編時改寫在最前面，咸豐帝奕詝名字以黃綾蓋住，恭親王奕訢等仍存活皇子以紅筆書寫，每位皇子的基本資料一覽無遺。

總裁官，因當時皇帝心目中太子人選極可能是福惠，其生母年貴妃也仍在世，此時弘曆出生地及生母何人無關緊要，應仍是如實抄錄康熙五十四年的底本。

雍正十一年編纂時，最討厭弘曆的那拉皇后、雍正最寵愛的皇子福惠及其母年貴妃已先後去世。此時雍正子嗣相對單薄，弘曆剛封了寶親王，地位也變得重要了，若玉牒資訊不夠「風光」，就必須在這次編纂時設法要有所調整。

雍正十一年二月廿七日，上諭「以平郡王福彭為玉牒館總裁官，大學士尹泰……為副總裁官。」尹泰是尹繼善之父，這次編纂玉牒大事，係由廿五歲的平郡王福彭領導一群老先生為之。

纂修底稿是雍正二年本，新稿需加上過去十年人員新增或凋亡、官爵職位及子嗣妻妾變化等等。福彭是此時弘曆的摯友，並是鐵帽子王地位尊貴，若弘曆的玉牒資訊需要「調整」，沒有更好的人選及機會了，可惜這次只能調整到雍正二年版，康熙五十四年版當時沒有理由調出，無法接觸到。雍正二年及十一年這兩版玉牒弘曆資訊應皆如以後史載的「世宗憲皇帝第四子，康熙五十年辛卯八月十三日，鈕祜祿氏凌柱之女，誕生於雍和宮。」

乾隆元年正月十二日《實錄》載「纂修玉牒。以大學士鄂爾泰、張廷玉充總裁。禮部侍郎木和林充副總裁。會同平郡王纂修。」八月皇帝因玉牒告成賞賜有功人員，十五日乾隆「以玉牒告成。賜總裁平郡王福彭、大學士鄂爾泰……及提調纂修等官、銀幣有差。」這次的纂修應該是乾隆登基後〈帝系玉牒〉調整。福彭原就主持編修過玉牒，這次全員都是新皇帝的親信，該調整的應該都能順利完成，況張廷玉從來就是御用篡改史料達人。

乾隆七年正月初八日「宗人府奏玉牒，自雍正十一年告成後，已屆十年例修之期。臣府應會同內閣禮部纂修。從之。」三月皇帝派慎郡王允禧、大學士鄂爾泰為玉牒館總裁，陳世倌為副總裁，這次玉牒於乾隆九年底告成。主修官允禧就是與乾隆同一天娶親，第二天也拜見不到皇后的康熙皇廿一子，是自己人，陳世倌則是野史傳說中他的親爹，任務似乎仍未全然完成。

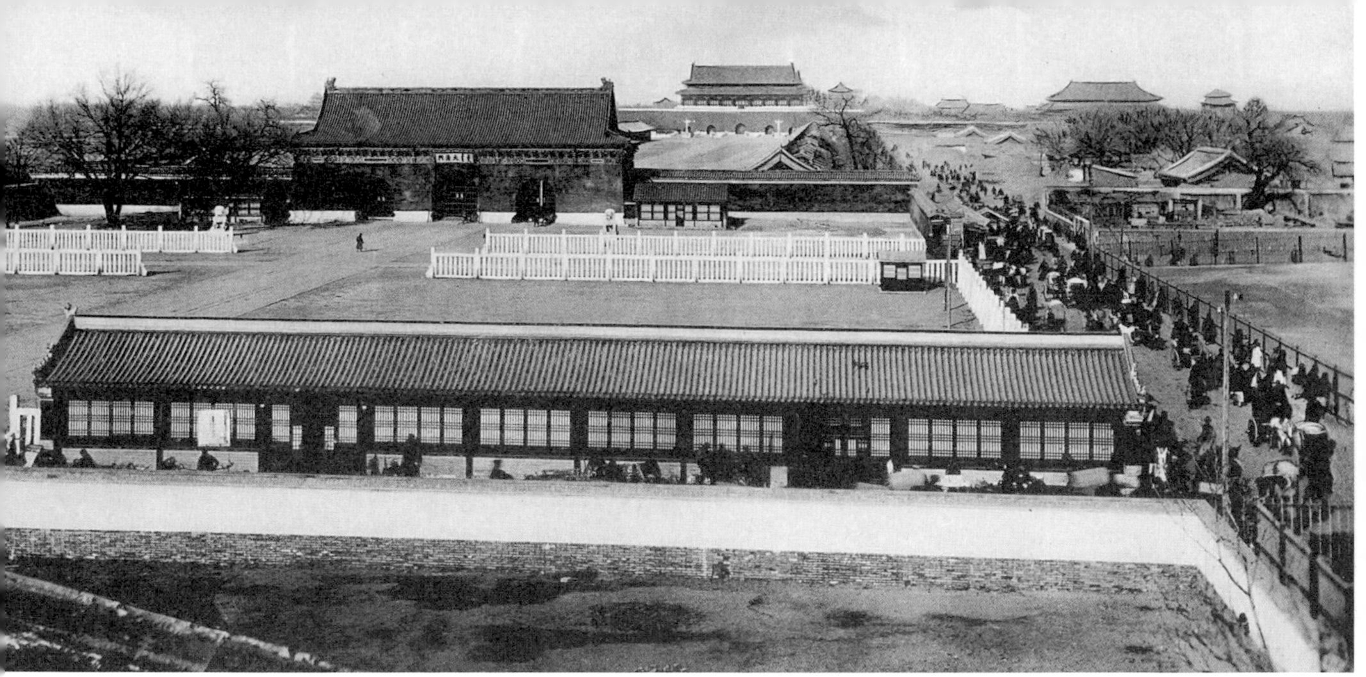

乾隆十一年據宗人府奏乾隆七年所修玉牒「滿漢不符，內文多處舛錯」乾隆特准在次年再修一次，並派納親為玉牒館總裁。鈕祜祿納親為康熙四位顧命大臣之一遏必隆的孫子，此鈕祜祿家與崇慶皇太后娘家毫無關係，納親雍正十一年就任軍機大臣，乾隆即位協辦總理事務後為首席軍機大臣，為乾隆藉以平衡鄂爾泰及張廷玉的棋子，當時也算是親信中的親信。

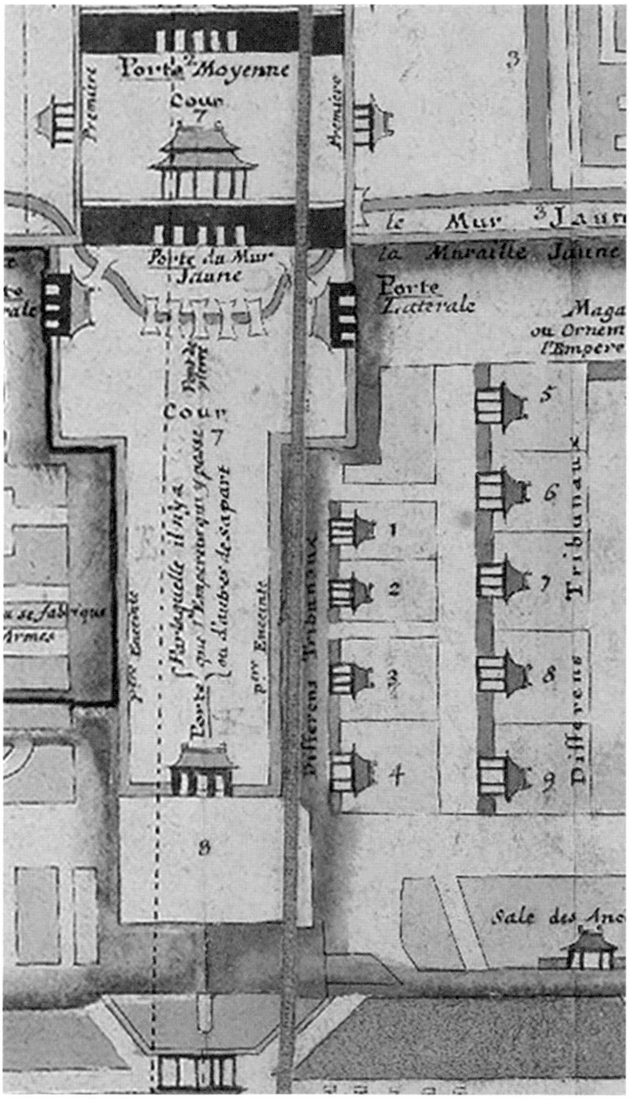

右頁：雍和宮一角。
下：乾隆十五年版之北京地圖，大清門右側建築由北往南為宗人府、吏部、戶部及禮部。
上：一九〇二年大清門右側之建築群。

上：瀋陽故宮航照圖，可清楚看到崇謨閣及敬典閣。
右：皇史宬衛星截圖。
左：從北京飯店貴賓樓遠眺皇史宬與紫禁城緊相鄰。

乾隆八年，皇帝已開始默默地計畫著一件釜底抽薪的大事：找機會接近存在皇史宬及禮部的玉牒。

首先要找個藉口把禮部的那套弄出來，最正大光明的理由，是移置到盛京故宮尊藏，為此特在瀋陽建崇謨閣及敬典閣。

敬典閣於乾隆十三年完工、十五年「十一月初四日恭奉列祖聖容、實錄、玉牒送往盛京尊藏。屆期朕恭詣拈香行禮……」只是送到盛京的玉牒獨缺康熙五十四年版，禮部的那份「康熙五十四年版」玉牒，乾隆十五年藉著移送「被遺失」，算是解決了一部。

第二步更是匪夷所思，乾隆十七年宗人府失火，玉牒全部燒毀。為此皇帝雖大怒斥責宗人府，《乾隆實錄》四月初七之上諭「宗人府王公等平日辦事草率毫不盡心，今失火焚毀玉牒，伊等之怠玩可知。玉牒非尋常檔案可比，著將該衙門王公等交部嚴察議奏。」卻不見任何處分下來，但也算是解決了宗人府

版的第二部，不少人認為放火的就是皇帝自己。皇帝下旨以後改為只繕寫兩部，宗人府不存了。

乾隆廿五年纂修玉牒時，執行第三步就「順理成章」了，宗人府所藏玉牒已經燒掉了，原禮部的那一份又遠在盛京，當然只能進入皇史宬，或者說終於能進入皇史宬了。

皇史宬石室金匱，過去進去都困難，更不要說還要動手腳。這次總裁官是傅恆，更是絕對的親信與絕對的自己人，當然皇史宬所存康熙五十四年版玉牒，現在一樣不見了。

從雍正十一年到乾隆廿五年歷時二十七年，包括盛京蓋了崇謨閣及敬典閣、燒了宗人府的玉牒、毀了皇史宬版本等等，若確有滅證，真是用盡了洪荒之力。

最後的謊言

乾隆八十四歲時又到了熱河，這是個他對兒子承認，卻又對大家否認的出生地。再一次以獅子園為題寫了〈遊獅子園〉詩，回憶起七十餘年前難忘的往事。

全詩一句數註，註文比詩句多。開頭說「龍邸獅園歲必遊」，證明他數十年來每年都到訪，「龍邸」也表示是他即位前居住過之處。註中說自己六歲才初到熱河，在此園識字讀書，間接否認了出生於此。

他六歲是康熙五十五年《實錄》略以「四月十四日……上奉皇太后避暑塞外。命允祉、允佑、允禑、允祿、允禕隨駕」，胤禛並未隨行。年僅六歲的弘曆，不可能沒他皇父攜帶，自己來到熱河讀書習字，何況自他出生到此時，還沒見過祖父。

遊獅子園
龍邸獅園歲必遊
祖恩
宗訓憶從頭六齡識字實初至 予年六歲始隨 皇考來熱河住居此園讀
欽定四庫全書 御製詩五集 卷九十一 六
書
十一背書蒙
厚庥 康熙六十年予年十一隨 皇考至山莊內觀蓮所廊下 皇考命予背誦所讀經書不遺一字時 皇祖近侍皆在傍環聽咸驚穎異 皇考始有心奏 皇祖令予隨侍學習
幸駕隨來飴錫沐 予十二歲蒙 皇祖於圓明園之牡丹臺召見即命養育宮中是年隨侍來熱河居山莊內之萬壑松風 皇考請 皇祖幸本園進膳予時亦隨 駕來此
慈闈宣覲
顧嘉投 是日 皇祖指予謂 皇妣孝敬憲皇后曰帶其生母來見 皇祖連謂之有福之人即令仰瞻 皇祖恩意似已知予異日可以付託因欲豫觀 聖母福相也
卌年孝養
慈寧福
聖諭兩言萬世留 予即位後侍奉 聖母皇太后四十餘年以天下養揩之史牒實所罕覲蓋 皇祖當年眷顧深恩即早於有福兩言預卜 慈寧之慶于今八十有四齋亦老矣是不可以不

上：獅子園光緒年間繪圖中規模不再。
下：乾隆《樂善堂集》庚戌原序。
左上：乾隆獅子園詩及註。

庚戌年原序
余生九年始讀書十有四歲學屬文今年二十矣其間
朝夕從事者四書五經性理綱目大學衍義古文淵鑑
等書講論至再至三顧質魯識昧日取先聖賢所言者

在《御製樂善堂全集》庚戌年第一版弘曆的自序，開始寫著「余生九年始讀書，十有四歲學屬文，今年二十矣……」庚戌為雍正八年，生於辛卯的弘曆虛歲正是二十歲。

九歲才開始識字，還是六歲就到熱河讀書是不一致的，究竟二十歲時說實話，還是八十幾歲時的記憶正確，不必想也知道吧。況寫序之時，紫禁城中包括他皇父、極討厭他的皇后烏拉那拉氏均尚健在，弘曆沒有說謊的餘地。據此，九歲才開始讀書受教育是正確的。

若弘曆是一出生就住雍王府，皇子們約六歲開始讀書習字，不可能等到九歲，所以看來，極可能弘曆自出生一直隨著母親住在獅子園，因而沒有讀書識字的機會。

極可能是康熙五十六年時，弘曆才跟皇父一起回京（五十七、八兩年雍正均未到熱河），爾後安置應是幾經波折，以致九歲始讀上書。

詩句接著寫「十一背書蒙厚庥」註解寫時為康熙六十年，他跟著皇父到避暑山莊觀蓮，皇父命他背誦所讀經文，竟可一字不錯背出，康熙的近侍們在廊旁聽到，都十分驚訝其才華。（這些侍衛的國學水平也太優了，竟也知弘曆所背誦經書是一字不錯。）只是不知道為什麼他仍是尚未見到過祖父。

再下一句「幸駕隨來飴錫沐」寫到改變命運的十二歲。弘曆一定極聰明尤善背書，緣此雍正覺得這個兒子還算稱頭，而有康熙六十一年春天，十二歲的弘曆在圓明園牡丹台，初次見到祖父之佳話。

牡丹台一見，註解寫著皇祖就將他扶養於宮中，又隨侍到熱河。自此，弘曆在史書中就變成康熙最喜歡的孫子，除養在身邊親自教導，還「命學射於貝勒允禧，學火器於莊親王允祿……」圓明園見面是三月二十五日，康熙四月十三日去熱河開始巡幸塞外，史載其年「秋」弘曆才隨侍聖祖巡避暑山莊賜居萬壑松風，祖孫相聚的時間實是有限。

弘曆到熱河後「一日望見御舟泊晴碧亭畔，聞聖祖呼名，即趨岩壁而下，顧謂勿疾行恐致蹉跌愛護殊常。」這類乾隆處處極力強調康熙對他喜愛的文字，也僅見於乾隆登基後，清史專家都認為康熙對他很一般，當年跟去熱河的皇孫也並非僅他一人。

詩句最重要的一句是「慈闈宣覲顧嘉投」，記錄了康熙六十一年七月廿日「皇四子和碩雍親王胤禛恭請上幸王園、進宴。」之時，皇祖突然要召見弘曆生母。

見到弘曆生母後，康熙連連誇讚原文為「特命孝敬憲皇后率孝聖憲皇后問安拜覲。天顏喜溢連稱有福之人。」詩註「仰窺皇祖恩意，似已知予異日可以付託，因欲豫觀聖母福相也。」乾隆認為是皇祖希望將來自己能繼承大位，而想看看他生母相貌是否也是有福之人，真是扯得太太太遠了吧。

往往想澄清一些往事時，不小心漏了餡，說了些想隱瞞的事，康熙六十一年時，弘曆生母似仍住在獅子園，否則一個雍正不寵愛的「格格」那有可能同來遙遠的獅子園避暑度假？康熙大概也知道乾隆生母仍在獅子園（距熱河行宮仍有數公里之遙），才會在到獅子園進宴時說帶過來見個面，誇個一兩句，讓她以後的日子好過一些。

自右到左分別為光緒末、康熙末及乾隆初之避暑山莊圖中的萬壑松風、康熙末符合乾隆描述康熙御舟泊岸，祖父呼叫弘曆，而他從山坡奔下之場景。避暑山莊增修大都在乾隆年間。

全詩最後「卅年孝養慈寧福，聖諭兩言萬事留。」倒是實話，康熙預測他生母有福，果然以天下奉養太后四十餘年，享盡榮華富貴實史所罕見。

自己的遺詔

雖然乾隆活得夠長，應該有時間為他自己準備遺詔，但仍然發生了問題，使我們看不到原來版本。

據悉嘉慶帝看到父親遺詔中，對他自己功業的大吹大擂，認為與事實不符，為了保全皇帝及大清朝的顏面，下令修訂乾隆實錄時，遺詔原文暫不收錄在內。

目前我們所看到的文字是後來經過增刪。公布版的遺詔確實比他祖父、父親及兒子的遺詔合宜。

右：乾隆「古稀天子寶五福五代堂」印。
左：丁觀鵬畫文殊像，乾隆自認文殊轉世。

首段乾隆表示自己做皇帝，每日都兢兢業業以不負天命。

次段不忘強調康熙對他的鍾愛，以及自己的敬天、法祖、勤政、愛民。許多辛苦事大都是自己躬親去做，如每年的郊壇大祀，天壇皇乾殿側開一古稀門捷徑，他七十歲後仍親赴祭天，更四詣盛京祖陵。

第三段說明自己對臣民也是一樣認真，六巡江南河工海塘，遇災減稅，希望藏富小民。再來，說到平定伊犁回部、大小金川等的文治武功，並提及即位之初就立誓在位六十年就禪位，不敢逾皇祖之數。

最後提到，年近九十時親見五代同堂，特選丙辰年元旦自稱太上皇將玉璽交付新帝，但仍關心國政。

想到洪範五福之一是善終，已達八十九歲高齡，無不足及奢望，託付得人（嘉慶帝），億兆黎庶都能快樂昇平，朕追隨列祖在天之靈庶無遺憾。

跋

拼織紅樓到絣織紅縷

大觀園與畫太簇始和

清丁觀鵬的〈畫太簇始和〉若不標明畫的是建福宮及其花園，說畫的是「大觀園」，也是可信的。

二十世紀初建福宮與花園遭焚毀，近百年後始完成重建，看到〈畫太簇始和〉與重建後的此區，閃過的第一個念頭—這不就是大觀園嗎？

乾隆十三年七月諭「御製十二個月詩傳旨如意館畫家…起稿呈覽。」乾隆詩以十二律代表十二月，一月寅月爲太簇，畫中乾隆七年，西五所改頭換面後建福宮新正歡樂的盛景，此時正也是小說《紅樓夢》草創的時期。畫左側雲霧中隱見一牌樓，會不會就寫著太虛幻境這四個字？

曾構想寫以曹家三代四世江寧織造爲經，康熙末奪嫡風波爲緯，拼出《紅樓夢》成書龐雜背景之圖，書名訂爲《拼織紅樓》。惟這個角度已被翻來覆去寫得新意全無，許多拼圖缺塊如雪芹是誰子？及生卒年等，全是永遠無解的。

乍見〈畫太簇始和〉圖如現一絲曙光。一小塊基地內塞下這麼多亭台樓閣不說，此處原是紫禁城最後一進冷宮級別的「所」改建爲「宮」，呼應大觀園是拆下人房、引活水及改爲高規格接待貴妃的「園」。

作者生活及成書年代實是乾隆年間，乾隆即位後「韶華勝極」對應了曹家「開到荼蘼花事了」，索隱《紅樓夢》中千絲萬縷，還是找到不少乾隆的身影。於是將愛新覺羅弘曆提升成了主角。重寫後的書名，也改爲《緙織紅縷》。

緣起紅樓　原英嘆息

康熙二年，內務府營繕司郎中曹璽出任江寧織造，六品小官派任及更替，原是歷史洪流中的一件極其微不足道的小事，亂世中這麼一家小人物離京到任，得到歷史超乎尋常關注，實因此次曹家南遷開啓了曠世小說《紅樓夢》的序曲。黃一農院士認爲曹雪芹將其周遭親友極特殊的境遇，勾兌融入編寫的部分故事情節當中，即使該情節已與史事有所距離，我們或仍可窺見其原型所殘留的痕跡。

曹家曾是隸屬英親王阿濟格麾下包衣，雪芹少許正確訊息係來自其五世孫敦誠、敦敏兄弟。

阿濟格、多爾衮與多鐸三親兄弟實爲滿清入關最大功臣，其悲慘命運始自順治六年三月多鐸死於天花。次年底多爾衮突然以卅九歲英年猝死，順治追尊爲成宗義皇帝，兩個月後就奪爵剉骨。阿濟格原想承繼多爾衮的權勢，順治卻先下手，他終未能活過次年，與嫡子勞親於十月十六日一起被賜自盡。

英親王的「英」字，見於書中重要人物甄英蓮以喻「眞應憐」。她「有命無運累及爹娘」，脂批「八個字屈死多少英雄……武侯之三分武穆之二帝，二賢之恨及今不盡……」武侯諸葛亮鞠躬盡瘁，武穆岳飛被殺時被虜的徽欽二帝仍未返，批書者以這此恨事至今不盡來形容甄英蓮似是太沉重了，若是嘆息英親王阿濟格，如武侯及武穆般盡忠國家卻下場悲涼倒是恰當。

曹璽沒想到會死在織造職位上，更沒想到他的兒子及孫子還繼續擔任，此職一共做了五十六年。曹寅更因康熙對他的特殊信任，除交付特殊任務外，還賜婚其女爲平郡王納爾蘇嫡福晉。織造官位極低，包衣更是等同皇室家奴，能嫁給天潢貴胄的鐵帽子王爲妃，是史無前例破格的恩典。

納爾蘇是努爾哈赤次子代善之後，掌兩紅旗暗藏了「紅」字，其嫡長子福彭是乾隆皇子時期少數至交，乾隆即位後任總理大臣位同宰相，高陽認爲鳳藻指宰相文筆影射福彭，母子二人是元妃原型，甚而說「沒有福彭就不會有《紅樓夢》」。新紅學範疇，延續到了乾隆年間。

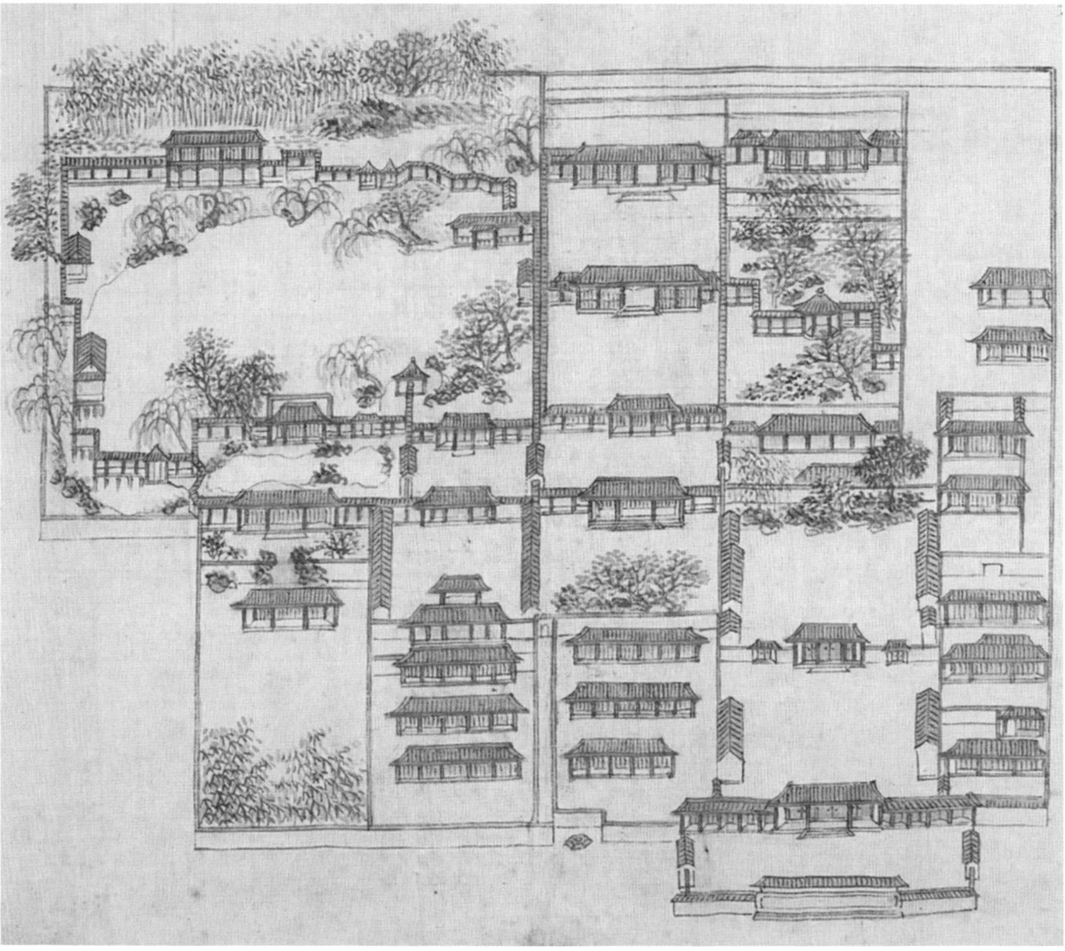

右：乾隆年錢維城所繪江寧行宮圖，現藏大英圖書館。其餘圖片均為南京江寧織造博物館。

胡適認爲《紅樓夢》爲曹家自敘後，袁枚隨園成爲大觀園候選熱門。江寧織造府的庭園，更因康熙南巡曾駐蹕而成爲最接近的大觀園原型。

參考江寧行宮圖，建在織造署西花園遺址的南京江寧織造博物館，不論新建博物館或清代原圖，似都缺乏大觀園的DNA。曹雪芹是否用了整個西五所的改建，隱喻了大觀園的成型，已無從證明；因爲整本《紅樓夢》原就是一個大謎。

是爲跋。

【附錄：壹】　永憲錄

紀錄雍正即位最初幾年前後發生的大事。如他是否奪嫡，近臣隆科多、年羹堯，兄弟阿其那、塞思黑獲罪及查嗣庭的文字獄等社會關注事件……，一定要參考的一本書就是《永憲錄》。該書作者蕭奭（奭音是）生平不詳。

該書於乾隆十七年刊行，全書計四卷，體裁如清代《實錄》，內容從康熙六十一年到雍正六年，一樣是編年體雜史。其來源是邸鈔、朝報（兩者爲同一種文書又稱宮門抄，朝廷傳知朝政的文書和政治情報的新聞文抄，最初是由朝廷內部傳抄，後遂張貼於宮門公諸傳抄）、詔諭（詔令諭旨）、奏摺等，並附記一些非編年性質的遺聞瑣事，及以訛傳訛的軼事。書名引孔子三年無改之義且有永遵成憲，故以《永憲錄》爲名。

因雍正乾隆父子對康熙及雍正的《實錄》都數度予以增刪修改，當時負責總編撰是張廷玉，他或刪或改寫導致與事實有所出入；如康熙在位六十一年，但是實錄記載只有三百卷，與乾隆在位六十年的一千五百卷相去太遠。

《永憲錄》作者以當時人記當時事，雖未必全然正確，但也反映了一些當時的政治情況，對現存史料而言有可以補缺正誤，或互相對比，以資印證的價值。

【附錄：貳】　弘曆八字

玉牒記載弘曆生於康熙五十年八月十三日子時，八字是辛卯、丁酉、庚午、丙子。清命理大師任鐵樵在《滴天髓》解以「…支全四正氣貫八方，又配坎離震兌……水火既濟、八方賓服、四海攸同……」略通子平者都認爲此八字年月及日時都是天剋地沖，並不是好命但確實稀罕。鐵樵生於乾隆三十八年，他論此命並非先見之明。

個人傾向弘曆係生於熱河，其母懷孕則在前一年五月初，雍正隨侍康熙到達及九月初三離開熱河返京之間，弘曆生日最遲應在次年六月前。

乾隆官方子午卯酉四正俱全的八字應非全然杜撰，而是雍正刻意要保有這特徵。六

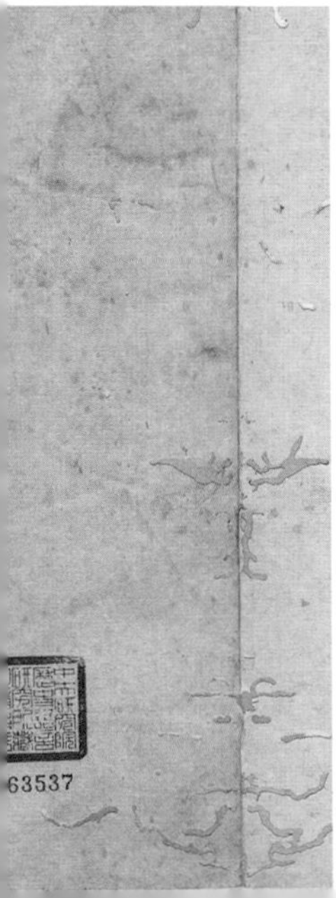

右：清欽滌籍朱絲欄鈔本《永憲錄》所載康熙臨終及傳位雍正紀錄，顯為隆科多操控局面。與《實錄》記載康熙臨終：「寅刻召皇三子、七子、八子、九子、十子、十二子、十三子、隆科多至御榻前。諭曰、皇四子胤禛人品貴重……著繼朕登基即皇帝位。皇四子胤禛聞召馳至……」不同。
左：中央研究院歷史語言研究所藏品滿漢文對照封錢氏為熹妃原件，不可能會因鈕字寫得像錢字而有誤。

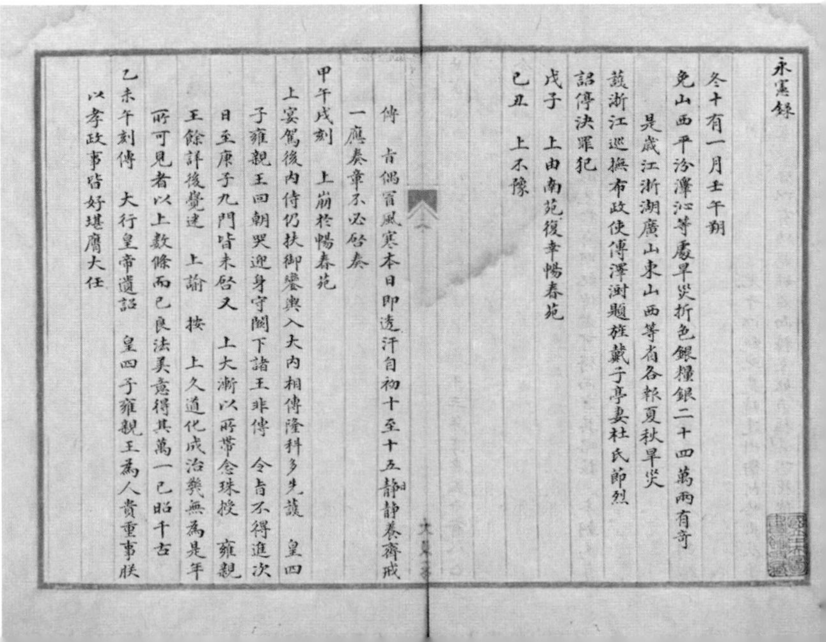
永憲錄
冬十有一月壬午朔
免山西平汾澤沁等處旱災折色銀糧銀二十四萬兩有奇
是歲江浙湖廣山東山西等省各報夏秋旱災
旌浙江巡撫布政使傅澤洲題旌戴子亭妻杜氏節烈
詔傳決罪犯
戊子　上由南苑復幸暢春苑
己丑　上不豫
傳　旨偶冒風寒本日即透汗自初十至十五靜靜養齋戒
一應奏章不必啓奏
甲午戌刻　上崩於暢春苑
上宴駕後內侍仍扶御鑾輿入大內相傳隆科多先護　皇四
子雍親王回朝哭迎身守闕下諸王非傳　令旨不得進次
日至庚子九門皆未啓又　上大漸以所帶念珠授　雍親
王餘詳後覺迷　上諭　按　上久道化成治幾無爲是年
所可見者以上數條而已良法美意得其萬一已昭千古
乙未午刻傳　大行皇帝遺詔　皇四子雍親王爲人貴重事朕
以孝政事皆好堪膺大任

月前符合四正八字只有午月，再配合酉日子時或子日酉時，極少天數中以「辛卯、甲午、乙酉、丙子」此日最符合，這天陰曆是四月廿七日（1711/6/12）。略通子平者都知道，這個八字天干一氣生成，地支無沖剋，年月卯木生午火、日時酉金生子水，且入「六乙鼠貴格」。

【附錄：叁】　八字五行生剋兼談福彭與元春的八字

八字是一個人出生時干支曆的年月日時，共八個字。

古人將天地之間的萬物歸納爲金木水火土五種元素，如此生生不息。然木爲金剋、火爲水剋、土爲木剋、金爲火剋、水又爲土剋。用個人出生日的天干與其他七個字的生剋關係論命。

福彭生於康熙四十七年六月廿六日卯時，換算干支曆爲戊子、庚申、辛未、辛卯，因該年此日已交立秋節氣，月柱不能以六月己未算，而需用庚申月。

福彭日主辛未，曹寅生於順治十五年九月初七，其八字戊戌、辛酉、辛丑、庚寅，略通子平者都會認爲這兩個八字極爲相似，《紅樓夢》中藉著張道士說「我看見哥兒這個形容身段言談舉動，怎麼就同當日國公爺一個稿子。」

元春八字：甲申、丙寅、乙卯、辛巳；

日主乙木、甲年爲劫財、丙月爲傷官、辛時爲七殺。

木生初春雖居旺地，但月與時均剋洩木氣，何來「愈比愈好」？

福彭八字：戊子、庚申、辛未、辛卯；

日主辛金、甲年爲正財、庚月爲劫財、辛時爲比肩。

八字秋金當令，其年與月地支「印比」；

金生初秋當令，其年、月與時「印比」助生金氣，可歸從旺格「愈比愈好」。

兩人八字間神秘的關係，本書內文第三章敘述甚詳。

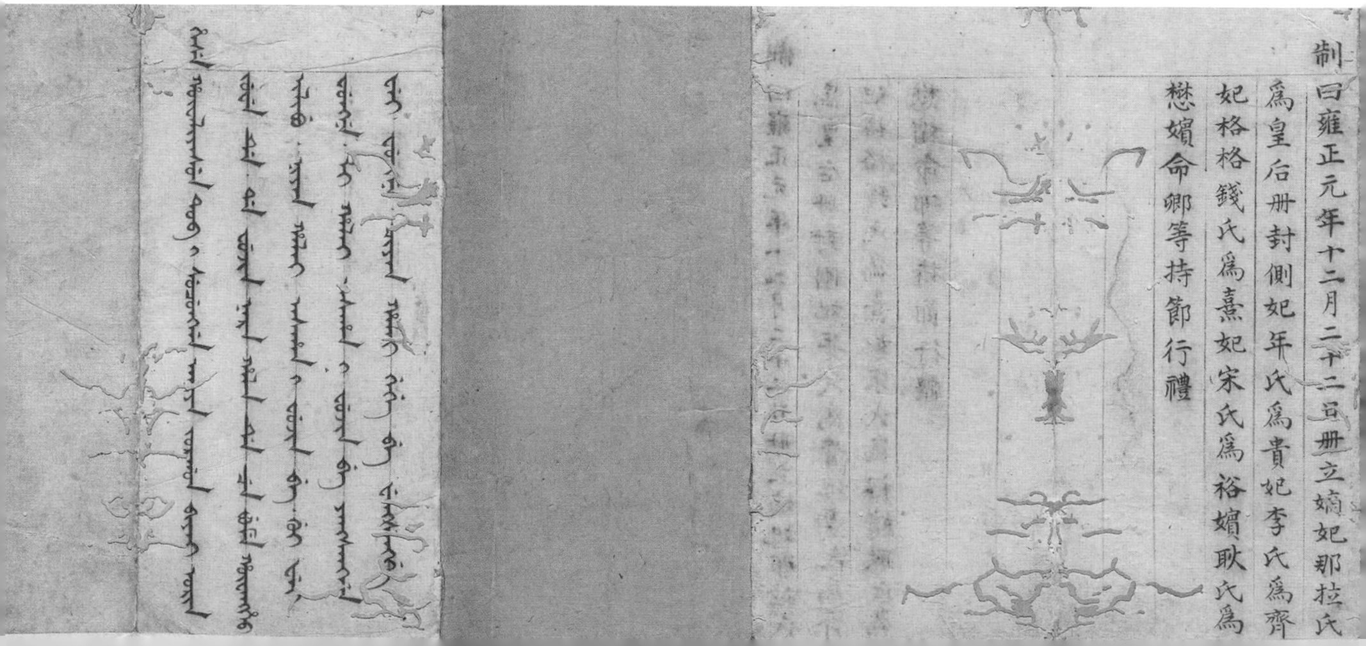

【參考書目】

—清代文獻

‧《聖祖仁皇帝實錄》、《雍正朝漢文諭旨彙編》、
‧《世宗憲皇帝實錄》、《古今圖書集成》、
‧《四庫全書》、《高宗純皇帝實錄》

—書籍、、圖錄

‧《永憲錄》清‧蕭奭、《孫溫繪全本紅樓夢》／清‧孫溫
‧《棗窗閒筆》／清‧裕瑞、《錄紅樓夢賦》／清‧盛昱
‧《紅樓夢圖詠》／清‧改琦、《紅樓夢研究》／俞平伯、
‧《紅樓夢的兩個世界》／余英時、《紅樓夢新證》／周汝昌、
‧《紅樓夢探源》／吳世昌、《重讀石頭記》／余國藩
‧《紅樓夢論源》／朱淡文、《康熙與曹寅》／史景遷
‧《紅樓夢魘》／張愛玲、《高陽說曹雪芹》及《紅樓一家言》／高陽
‧《二重奏：紅學與清史的對話》及《曹雪芹的家族印記》／黃一農

—文稿

‧〈紅樓夢考證〉／胡適
‧〈平安春信圖中長者是誰〉／王子林（《紫禁城》月刊）

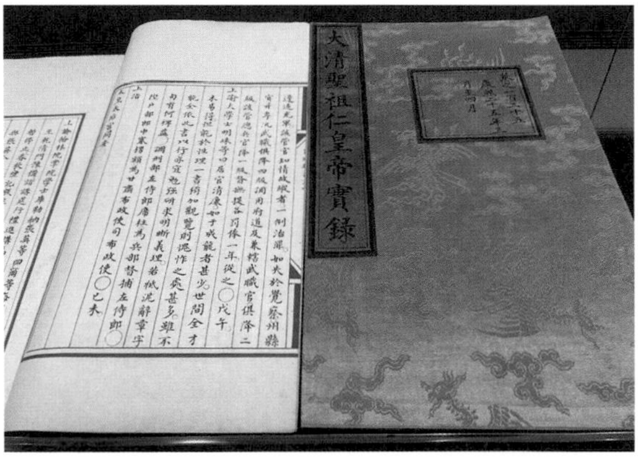

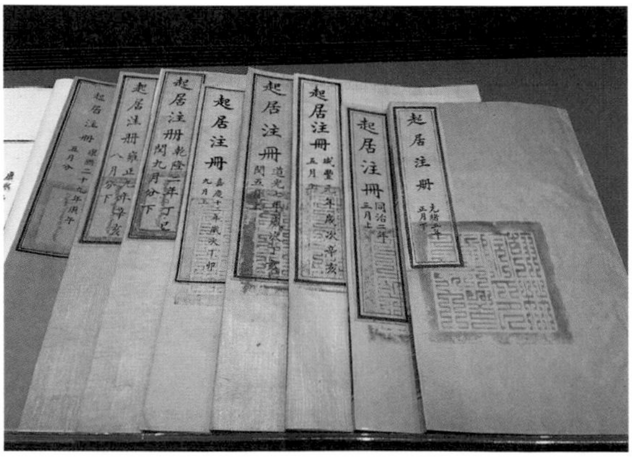

【謝誌】

- 趙珊女士封面題字、涂璨琳教授繪製〈採芝圖〉以爲對照弘曆採芝如葬花、李乾朗教授繪製清晰呈現乾隆將西五所變身重華宮、建福宮及其花園前後對照圖及他所拍攝珍貴的建福宮及其花園照片，均爲本書增色。
- 承黃一農院士允新書《曹雪芹的家族印記》部分內容爲本書代序。
- 國立故宮博物院文物典藏資料庫下載及應用，如珍貴的乾隆御筆畫作、華麗的清宮文物，倍增全書「韶華勝極」臨場感。
- 台灣紅學一姊康來新、紅友劉廣定、童元方、廖咸浩（特賜本書英文譯名爲 ***Weaving an Invisible Tapestry***）、劉靜敏、徐秀榮，及大陸紅友任曉輝、張青松（特別感謝提供古今圖書集成恭王府藏本高清影像）常久的切磋、協助、指導及鼓勵。
- 好友設計一姊霍榮齡，協助挑選重要圖片及基本版型概念，獲益良多。
- 羅文邦協助 **Google Earth** 截圖，呈現毓慶宮、重華宮、咸福宮在皇城中相互微妙的關係。
- 北京故宮博物院安排參觀重華宮及毓慶宮等未開放場域，體會特殊歷史舞台的氛圍，及拍攝到珍貴照片印證。其珍貴藏品本書關鍵的〈弘曆採芝圖〉、〈是一是二圖〉連結了乾隆與《紅樓夢》的絲縷。
- 最後特別感謝愛新覺羅弘曆前半生豐富詭譎的人生，極可能觸發了曹雪芹布局《紅樓夢》背景舞台的靈感，希望本書的一些猜測不要惹怒他老人家，拿著九龍寶劍追殺過來。

前排右起：徐秀榮、簡靜惠、劉廣定、黃一農。後排右起：徐秀榮夫人、馬以工、康來新、黃一農夫人及葉思芬，攝於二〇一九年敏隆講堂紅樓夢課程第一期結束後。

Osvald Sirén 喜龍仁（1879－1966）：69、138（黑白照片）
無邪齋：70（協助提供《古今圖書集成》圖片中國書店允許使用）
Google Earth：85、90/91、112、119、135、180
李乾朗：112、125、126/127（繪圖）、134、136－138
白雲觀《北京城內外名所》：116（1898 版作者不詳）
Donald Mennie 唐納德曼尼（1875－1944）：124/125（景山看紫禁城）
蒙維愛：133（神午門）、封面裡作者照片
Cleveland Museum of Art 克利夫蘭藝術博物館：143、170－173（心寫治平卷）
Alfons von Mumm 穆默（1859－1924）：179

未標明來源的照片均爲作者所攝，內文龍袍織品南京雲錦博物館珍藏。
章節圖片：二我－開封陝甘會館、陰影－重華宮宮牆、救贖－西嶽華山廟九龍斗拱。
論旨、文獻等 －《古今圖書集成》、《四庫全書》
網路資料：44（暢春園－恩佑寺恩慕寺山門）、 65（欽安殿求聖嗣圖）、79（隆科多）
蔡愷俐：43、105、177、194（電腦摹擬）

圖片來源

國立故宮博物院：封面、1、15、20、22/23、62、73－77、98、102、109、114－117、139、154、169、186－189
Metropolitan Museum of Art 紐約大都會博物館：內封面、68、77、140/141
維基共享資源：9、14、17、20/21、34、36/37、41、42、51－55、60、63、64、78、80、83、86/87、97、105、162、174－175、182－185
涂璨琳：16（繪圖）
Freer Gallery of Art 弗利爾美術館：19、27、45、47、62－63、79、81－82、84、88、89、95、108、145
改琦（1773－1828）：22、148、149、155－157
孫溫（1819－1891）：24/25、28/29、48/49、152/153、160/161《清・孫溫繪全本紅樓夢》
中央研究院歷史語言研究所：35（嘉慶遺詔追回本）、50、195
國家圖書館：37
雍正朝漢文諭旨：51、61
盛昱（1850－1900）：55、103《清盛昱錄紅樓夢賦》
TR 美術：57
Library of Congress 美國國會圖書館：58－59、185（獅子園圖）、192
薛桐軒（1873－1948）：59（獅子園照片）
小川一眞（1860－1929）：66/67

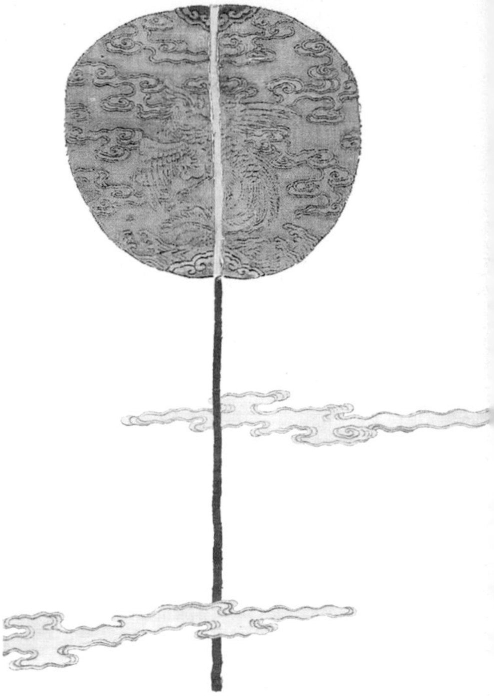

國家圖書館出版品預行編目 (CIP) 資料

綘織紅縷：《紅樓夢》與乾隆的十三道陰影 / 馬以工著. -- 初版. --
新 北 市：聯經出版事業股份有限公司, 2022.06
200面；19×26公分. --（當代名家. 馬以工作品集 ；2）
ISBN 978-957-08-6308-6
2022年12月 初版第二刷

1.CST: 紅學 2.CST: 清史 3.CST: 研究考訂

857.49 111006256

當代名家・馬以工作品集 2

綘織紅縷：《紅樓夢》與乾隆的十三道陰影

2022年6月12日初版
2022年12月 初版第二刷

定價：新臺幣750元

著　者　馬以工
叢書主編　陳逸華
藝術顧問　霍榮齡
內文排版　蔡愷俐
校　對　吳美滿
封面設計　楊啟巽

出版者　聯經出版事業股份有限公司
地址　新北市汐止區大同路一段369號1樓
叢書編輯電話　(02)86925588轉5319
台北聯經書房　台北市新生南路三段94號
電話　(02)23620308
台中辦事處電話　(04)22312023
台中電子信箱　e-mail：linking2@ms42.hinet.net
印刷者　文聯彩色製版印刷有限公司
總經銷　聯合發行股份有限公司
發行所　新北市新店區寶橋路235巷6弄6號2樓
電話　(02)29178022

副總編輯　陳逸華
總編輯　涂豐恩
總經理　陳芝宇
社長　羅國俊
發行人　林載爵

行政院新聞局出版事業登記證局版臺業字第0130號

本書如有缺頁，破損，倒裝請寄回台北聯經書房更換。
ISBN 978-957-08-6308-6
聯經網址：www.linkingbooks.com.tw
電子信箱：linking@udngroup.com